DJIBRIL CISSÉ

UN LION NE MEURT JAMAIS

DANS LA MÊME COLLECTION

2015

Kodjovi Obilalé
Un destin foudroyé

Pierre Salviac
Merci pour ces moments

Michael Jordan
The Life

Marc Madiot
Parlons vélo

Guga
Un Brésilien, une passion française

Neymar, mon histoire
Conversation avec mon père

2014

Alex Ferguson, Mon autobiographie

Phil Jackson - Un coach, onze titres NBA
Les secrets du succès

Sept péchés capitaux
À la poursuite de Lance Armstrong

David Epstein, Le gène du sport

Michael Schumacher
Sa vie - Ses victoires - Ses rêves

Franck Ribéry
L'incompris

2013

The Big Miss - Mes années avec Tiger Woods
Par son coach Hank Haney

Collection disponible en version numérique

DJIBRIL CISSÉ

UN LION NE MEURT JAMAIS

Préface de Raymond Domenech

En collaboration avec Laurence Lorenzon

Talent Sport

Éditions TALENT SPORT,
115 rue de l'Abbé Groult, 75015 Paris

ISBN : 979-10-93463-12-4
Couverture : Éric Brognard
Photographie : © Manuel Braun

SOMMAIRE

À ma famille

Préface

« Joueur de foot a toujours été pour Djibril le plus beau métier du monde. C'est un optimiste avec une espèce de fatalisme heureux. Attention, ce n'est pas un imbécile heureux ! Au contraire, il a cette intelligence de sourire à la vie et de ne pas s'embêter à se la compliquer. Il a de la gratitude et ça ne peut que le grandir.

Djibril sait ce que le foot lui a donné. Il est conscient du privilège d'avoir eu une vie de footballeur professionnel. C'est un métier extraordinaire et c'est formidable qu'il s'en soit souvenu à chaque instant. J'aurais voulu avoir plus de joueurs comme lui. C'est un cadeau de l'avoir dans une équipe. Toujours ce sourire, même dans les moments les plus difficiles. Son incidence dans le vestiaire est très positive. Il irradie de sa bienveillance, de son optimisme et ça donne un peu de légèreté à tout. Il devrait être un modèle pour les autres, au niveau du caractère. Il n'a jamais renoncé. Même quand ça ne voulait pas rentrer. Même quand le corps avait lâché.

Quand je pense à Djibril, je vois quelqu'un avec un grand sourire. Ça m'est arrivé de le voir faire la gueule. Jamais très longtemps. Il ne sait pas rester en colère. Il suffisait d'un peu de dialogue, quelques blagues et le problème était réglé.

Djibril est un garçon facile à vivre et qui a bien vécu. Même s'il râlait, ce n'était que l'expression de son envie de gagner, d'avoir le ballon, de marquer des buts. Ça pouvait durer pendant tout le match mais deux minutes après le coup de sifflet final, il ne s'en souvenait même plus.

Je ne me souviens pas de notre rencontre parce que je me souviens de lui depuis toujours. Ça fait dix-sept ans qu'il est là ! J'avais suivi son parcours chez les jeunes avec Jean-François Jodar. C'était un ami et je savais que ses joueurs allaient venir en Espoirs. Djibril a toujours été présent pour moi, soit pour le mettre, soit pour l'enlever.

Mon neveu jouait à Arles avec lui et Gaël Givet. Il m'a raconté qu'à l'époque déjà, on passait le ballon en profondeur à Djibril qui marquait dans la foulée. Souvent, les joueurs qui ont des qualités athlétiques dominantes ne travaillent pas le reste à côté, parce qu'ils n'en ont pas besoin. C'est un avantage et un inconvénient. Il avait une telle puissance qu'il a tout misé là-dessus. Je me souviens d'un but exceptionnel marqué à Brest contre l'Espagne avec les Bleuets, le 5 septembre 2001. Un contrôle de la poitrine et une frappe énorme à 18 mètres, comme lui seul peut les marquer.

Pour frapper, on n'avait rien à lui apprendre. Il savait se placer, sentir. Djibril n'est pas un grand footballeur mais il fait partie des très bons. Il aurait pu être un grand si ses entraîneurs ne s'étaient pas contentés qu'il soit bon. Maintenant, il a toujours apporté un plus à une équipe. Sur sa génération, il a été au-dessus du lot. Il doit avoir l'un des meilleurs ratios des grands buteurs en France, sans compter Bastia. Ce serait à vérifier.

Il aurait voulu marquer ses 100 buts mais peut-être parlera-t-on encore plus de lui pour être resté à la lisière de ce palmarès. On gardera plus en mémoire sa volonté de le faire. Il a une telle abnégation à jouer avec la douleur ! Son mental a toujours été sa force. Son mental et son optimisme. Pour lui, « ça ira ». Toujours. Ce n'est pas la méthode Coué mais un réel optimisme permanent. C'est naturel chez lui.

Ses jambes de gazelle l'ont porté loin mais elles l'ont également fragilisé. Il a des jambes de sprinteur, il était fait pour le 100 m et le 200 m. Il n'aurait pas eu de fracture car il n'y avait pas besoin de s'arrêter. Je ne sais pas s'il a plus eu besoin d'un sport d'équipe ou de jouer au ballon. Ses blessures ont malheureusement découpé sa carrière en plusieurs étapes. Avec des arrêts et des recommencements. Face à la Chine, je n'ai pas pu regarder. C'était trop dur pour moi.

Nous avons toujours eu des rapports d'une grande honnêteté. Lui-même est un gars très droit. Depuis les Espoirs, il a toujours eu confiance en moi parce que je ne lui ai jamais menti. Je n'ai jamais essayé de l'entortiller et Djibril aime quand les choses sont claires. Je savais quand il déconnait le soir, avec ses sorties. Mais je ne lui en ai jamais voulu parce qu'il donnait son maximum sur le terrain. Il a toujours répondu présent. Il avait juste besoin d'être mis en confiance, d'être porté en permanence. C'est une relation particulière que l'on a avec les avant-centres et les gardiens de but. Ce sont les deux métiers qui sont vraiment différents dans le football.

Si l'avant-centre sent qu'on doute de lui, il ne s'en sortira pas. Le rapport humain est donc fort. Mais avec Djibril, il était naturel. Évident. Je n'ai pas eu à réfléchir ou à le fabriquer, c'est venu spontanément. J'en avais envie parce que je l'aimais bien. C'est quelqu'un que j'ai toujours retrouvé avec plaisir. Avec du sentiment.

Les mots « aimer ses joueurs » sont très forts quand on est entraîneur. On aime un groupe, on a des affinités plus ou moins prononcées avec certains. Il y a des joueurs qu'on entraîne et puis il y a les autres. Ceux qu'on aime. Djibril n'était pas, pour moi, juste un footballeur. Je pense que tous ceux qui l'ont eu dans leur équipe ont dû ressentir la même chose. D'une manière ou d'une autre. Quand on est avec lui, il crée une relation particulière. C'est un homme attachant, un personnage touchant.

Ça ne m'a pas empêché de l'écarter du groupe quand ça m'a semblé inévitable. J'ai beau avoir un rapport privilégié avec lui, il n'a jamais eu de traitement de faveur.

J'ai annoncé à Djibril qu'il partait avec l'hélicoptère comme je l'ai annoncé aux autres. Ça m'a fait mal mais c'était comme ça. Ils sont peu à pouvoir comprendre ce choix. C'est ce qu'il y a de bien chez ce garçon. Je ne suis pas certain pour autant que ce soit un avantage dans ce métier-là, ce monde d'égoïstes. Djibril n'est pas du genre à marcher sur les autres pour y arriver.

En ce qui concerne Knysna, je ne lui en veux pas. Pas plus qu'aux autres. Je suis juste déçu qu'ils n'aient pas été capables, dans le débat, de donner un point de vue contraire. En aurais-je été capable si j'avais été à leur place ? Je ne le sais pas. C'est pour ça que je ne leur en veux pas. Quand Djibril est venu me voir dans ma chambre, il a eu ce courage que beaucoup n'ont pas eu. C'est le seul. Ce n'est pas lui qui m'a retenu mais c'était bien qu'il vienne.

Djibril est un super beau mec, avec une telle allure ! C'est à se demander ce qu'il pouvait faire sur un terrain de football ! Il n'y en a pas beaucoup qui ont cette harmonie des formes, cette finesse. C'est un garçon qui irradie. On ne peut pas passer à côté de lui sans le voir. Que ce soit sur le terrain ou en dehors, il dégage quelque chose. C'est une star. Ses tatouages sont la seule chose que je regrette chez lui. C'est incompréhensible pour moi.

Il n'a pas fait tout ce qu'il a fait par hasard. Djibril ne doit rien au hasard. Il fera partie de ceux qui ont marqué le football européen. On se souviendra de Djibril Cissé. »

Raymond Domenech, ancien sélectionneur de l'équipe de France

« On ne devient pas champion dans un gymnase. On devient champion grâce à ce qu'on ressent ; un désir, un rêve, une vision. On doit avoir du talent et de la technique. Mais le talent doit être plus fort que la technique. »
Muhammad Ali

« Ne me jugez pas sur mes succès, jugez-moi sur le nombre de fois où je suis tombé et où je me suis relevé à nouveau. »
Nelson Mandela

« Il n'y a personne qui soit né sous une mauvaise étoile, il n'y a que des gens qui ne savent pas lire le ciel. »
Dalaï-lama

Introduction

On n'écrit pas son autobiographie à 34 ans. On écrit un livre avec des tranches de vie, des envies d'encore et certains remords. On évoque une carrière avec un point de vue de jeune retraité, sans trop de recul mais un ressenti encore très présent.

C'est ce que je vais faire ici : évoquer un passé toujours très présent. Je n'ai pas de message à transmettre, j'ai juste une expérience à partager. Je veux bien servir d'exemple, bien que je ne pense pas être un modèle à suivre. Je n'ai pas de leçons à donner.

Je n'ai pas non plus de comptes à rendre et encore moins à régler. Ça, je l'ai toujours fait face à face. Ce que je veux faire avant tout, c'est rendre hommage à tous ceux qui m'ont porté, apporté, supporté. J'ai tellement de gens à honorer. Qu'on me pardonne si je devais oublier de mentionner quelqu'un.

Bien sûr que j'ai de la gratitude pour tous ceux qui ont accompagné mon parcours, ces personnes clés qui m'ont aidé à franchir des paliers et à devenir le joueur que je suis. Maintenant, j'ai bossé pour ça, en ayant la chance d'avoir les qualités qui m'ont permis de faire ce que j'ai fait. C'est une bénédiction que j'ai su utiliser. Et que les coaches ont su concrétiser. Je pense que Guy Roux n'aurait pas pu m'emmener aussi loin si je n'avais pas eu, au départ, les qualités requises. Il y a une part d'inné qui fait la différence.

La première personne que je remercie plus que tout est ma mère. Je lui dois tout. Depuis le début. C'est grâce à elle que je me suis toujours relevé. Puis je remercie Dieu. Je sais que j'ai une bonne étoile. Même si je n'ai pas été épargné dans ma jeune expérience, avec des coups du sort plutôt durs, je suis toujours revenu. J'aime penser que ces mises à l'épreuve étaient là pour me tester, pour voir si je méritais vraiment ma carrière.

Si j'avais la volonté et le courage nécessaires pour être à la hauteur du cadeau que j'avais reçu. Je le vois comme ça. Si on garde une attitude positive dans les moments difficiles, on finit toujours pas s'en sortir. C'est du moins la leçon que moi, j'en tire. Je ne me suis jamais positionné comme une victime mais plutôt comme un battant. Un guerrier.

Les gens évoquent souvent mon manque de chance avec ces blessures qui m'ont privé de telle ou telle compétition. Je leur réponds que je pense avoir toujours été là où était ma place. J'ai toujours pensé que rien n'arrive par hasard ; je ne devais pas être là, pour une raison qui me reste inconnue mais que j'accepte. Je n'ai pas de regrets. En ce qui concerne mes choix de clubs, je les ai toujours faits en mon âme et conscience.

J'aurais voulu changer moins souvent de club. J'en ai fait dix et ça fait beaucoup. Après, j'ai aussi été tributaire du choix des entraîneurs. À Liverpool, Rafael Benitez ne m'avait pas dans ses plans d'équipe et il m'a libéré. À Marseille, pareil, on ne me faisait plus trop confiance, donc je suis parti jouer ailleurs. Au Panathinaïkos, j'étais prêt à rester mais la crise financière m'a encore fait bouger. À la Lazio, ça ne s'est pas super bien passé. En statistiques, ce n'était pas trop mal mais comme je ne jouais pas à ma position, ça compliquait les choses.

J'aurais aimé avoir la carrière de Steven Gerrard, qui n'a connu qu'un seul club, Liverpool. C'est beau ! Je pourrais reprendre les mots de Michael Owen à son sujet : « Dans ma carrière, j'ai eu la chance de jouer aux côtés des plus grands footballeurs de ma génération. Le meilleur compliment que je puisse faire à Stevie, c'est qu'à mes yeux, il est le deuxième meilleur joueur derrière Zinédine Zidane en termes de classe mondiale ». Ça m'aurait plu d'aller jouer avec lui aux États-Unis pour terminer ensemble une jolie carrière mais le sort en a encore décidé autrement.

Joueur de foot. C'est ce que j'étais. C'est ce que je suis et serai toujours. C'est vrai que c'était mon métier jusqu'à il n'y a pas très longtemps. D'aussi loin que je me souvienne, j'ai toujours joué avec un ballon. Au bout du compte, c'est à cela que devrait se résumer une carrière de footballeur : jouer au ballon.

C'est bizarre mais depuis le début de ma carrière, d'une certaine façon, j'attends de me réveiller. Un peu comme si j'attendais la fin des vacances. Je me souviens de cette période de mon enfance où j'allais à l'école. Pendant les vacances d'été, je profitais du matin en me levant tard et puis l'après-midi, j'allais jouer au foot avec les copains. Arrivé au mois de septembre, la vie reprenait son cours, avec la rentrée scolaire.

Depuis que je suis devenu joueur professionnel, ça a toujours été les vacances pour moi. Plus de quinze ans de grandes vacances. C'est du moins la sensation que j'ai eue. Je me rends compte du privilège de vivre cette expérience incroyable, ce bonheur de jouer au ballon sans que ce soit vraiment un travail. Bien sûr que je l'ai fait avec sérieux et que cela a nécessité certains sacrifices. Beaucoup de joueurs ont fait les mêmes sacrifices, connu les mêmes centres de formation. Toutefois, ils ne sont pas nombreux à avoir eu ma vie, sinon ma carrière. J'ai beaucoup de gratitude pour ce que j'ai reçu et vécu.

On a souvent mis en avant ma vitesse sur le terrain. Mais dans la vie, comme dans le football, si on va plus vite tout seul, à plusieurs, on va plus loin. Dans l'une comme dans l'autre, j'ai eu la chance et ce grand privilège d'être accompagné par des gens formidables. Des gens qui m'ont choisi et aimé, soutenu et encouragé. C'est pour eux que j'ai souhaité faire ce livre. Un peu pour moi aussi, je l'avoue. On n'a pas toujours le temps de se rendre compte de la carrière qu'on a quand on est en train de la construire.

Je me souviens de ma période à Auxerre comme si c'était hier. Beaucoup de choses se sont passées dans ma vie, en très peu de temps. Tout est très présent dans ma tête sans y être réellement gravé. Je veux dire que même si j'ai une très bonne mémoire, même si tout ce que j'ai pu vivre est bien ancré en moi, je l'ai vécu avec passion, sans me retourner. L'heure est au bilan, alors je dois faire une pause pour regarder en arrière. C'est une drôle de sensation, assez déstabilisante parce que chargée en émotions.

En ce qui concerne le football, j'entretiens ma mémoire et le plaisir du souvenir en visionnant régulièrement mes anciens matches. C'est une façon de me rappeler mais aussi de réaliser ce que j'ai vécu. J'entends les gens évoquer mon palmarès et mes buts mais je ne rends pas forcément compte du chemin parcouru. Par exemple, je ne réalise toujours pas le titre en Ligue des champions, en 2005. Quand je regarde les DVD de ces matches d'anthologie qui ont jalonné mon parcours, je me dis : « Oui, je l'ai fait ! »

J'ai aussi fait pas mal de conneries ! J'ai écouté pas mal de mauvais conseillers. J'ai fait des investissements foireux et je me suis trompé sur quelques achats. J'avoue également que j'ai toujours eu la fièvre acheteuse : les vêtements, les montres, les bolides… J'ai eu jusqu'à quinze voitures en même temps. Je me demande avec le recul à quoi elles pouvaient servir mais on ne s'en rend pas compte quand on est jeune. Surtout quand c'est une vraie passion. On se trouve des excuses pour les excès.

En faisant davantage attention, j'aurais pu avoir plus d'argent sur mon compte aujourd'hui mais c'est comme ça. Erreurs de jeunesse !

Je sais que les salaires des footballeurs nourrissent souvent la polémique. Je peux comprendre que cela fasse grincer quelques dents mais je n'ai pas à m'excuser non plus. J'ai travaillé dur pour y arriver et je n'ai jamais volé personne. Je défie quiconque de ne pas se faire plaisir quand il en a les moyens. Même si j'ai le goût des jolies choses, je suis toujours resté quelqu'un de très simple. Je n'ai pas toujours connu la vie de château.

Je n'ai jamais rêvé du Ballon d'Or. Ça ne m'était pas vraiment permis. Il faut, pour cela, être un titulaire indiscutable dans sa sélection nationale et le meilleur de son club pendant plusieurs compétitions. Ça n'était pas mon cas. La Coupe du monde me faisait rêver, oui. Être un grand buteur en France aussi. J'ai toujours voulu être numéro 9. Quand je suis arrivé à Auxerre, j'ai d'abord eu le 18, car le 9 était pris par un ancien. C'est un chiffre qui m'a suivi toute ma carrière, comme dans ma vie de tous les jours. C'est marrant. Attaquant de pointe, c'est spécial, il faut être sûr de soi. On est un joueur égoïste sur qui repose quand même une grande pression. C'est toi qui fais gagner ou perdre ton équipe. Ne pas marquer, c'est en soi une défaite. Il faut avoir du caractère pour assumer ce rôle.

Je pense que je resterai à jamais dans le cœur de certains supporters. Auxerre et le Panathinaïkos, c'est une histoire d'amour à vie. Avec Liverpool aussi. Mon nom reste inscrit dans l'histoire grâce à ce titre en Ligue des champions. Certains m'oublieront plus vite car mon passage dans leur club n'a pas été très mémorable.

J'aurais pu inscrire mon nom dans l'histoire en marquant mes 100 buts mais le compteur s'est arrêté à 96. D'une certaine façon, on dira que j'ai laissé une trace et montré l'exemple parce que je suis revenu deux fois après avoir eu une jambe cassée. Je n'ai peut-être pas marqué le football mondial mais le football français, voire européen, oui. Après, je n'ai pas gagné de Ballon d'Or, je n'ai pas remporté de Coupe du monde… Je ne suis pas frustré parce que c'est déjà beau. Je suis fier de ce que j'ai fait. Fier et plein de gratitude.

J'ai eu une carrière de quinze ans. L'ancienne génération de joueurs pouvait faire une longue carrière. Je crains que celles de la nouvelle génération ne soient moins longues. Le niveau est devenu de plus en plus physique et intense, avec toutes les compétitions. La mienne doit s'arrêter et en effet, c'est dommage, parce qu'à mon âge, ma carrière représente toute ma vie. Mais je suis préparé depuis longtemps à cette fin inéluctable.

Ça fait mal au cœur de savoir que je ne vais plus jouer au foot, aller aux entraînements, que je ne connaîtrai plus cette ambiance de vestiaire mais c'est comme ça. C'est un sport qui demande beaucoup d'efforts physiquement et à un moment donné, ton corps ne répond plus aux exigences du football professionnel. En plus, il y a le facteur blessure qui entre en jeu. Tous les jeunes joueurs devraient avoir conscience de ce risque. Du jour au lendemain, ta carrière peut s'arrêter.

Je n'ai pas peur de l'après-football car dès le début, je savais que ça allait se terminer un jour. On est conditionné dès le départ sur le peu de temps que ça va durer. J'ai la chance d'avoir plusieurs facettes et beaucoup de passions en dehors du football.

Je crois que je dois ma notoriété à ce que j'ai fait sur le terrain mais aussi à mes excentricités vestimentaires et capillaires. Jouer dans quelques films m'a fait un peu sortir du commun des footballeurs. Même si on trouvera toujours des personnes pour ne pas aimer, il reste une majorité de gens qui apprécie les fortes personnalités. Les Français aiment ceux qui s'assument et affirment une certaine différence. Je pense être un homme qui s'assume et affirme une certaine différence.

Récemment, mon attachée de presse m'a raconté qu'elle parlait de moi à l'un de ses amis. Quand elle a dit qu'elle travaillait avec Djibril Cissé, son ami a répondu : « Non, on ne dit pas Djibril Cissé mais Monsieur Djibril Cissé. » Ça m'a beaucoup touché et en même temps amusé. Ça m'a rappelé cette époque où l'on m'appelait « le Noir » dans mon quartier. Même si ça n'avait rien de méchant, avec mes frères, on répondait toujours : « Pas le Noir, Monsieur Le Noir ! » Oui, c'est en rapport avec cette anecdote de mon enfance que j'ai nommé ma marque de vêtements « Mr Lenoir ».

Je constate régulièrement que les gens m'aiment bien et éprouvent de la sympathie à mon égard. C'est plutôt agréable de se sentir aimé et admiré pour ce que l'on est. Pour ce qu'on a fait. Sans le foot, je ne sais pas où je serais aujourd'hui. Je n'ai même pas le brevet des collèges ! Aucun diplôme ! Ma mère a fait de moi quelqu'un de bien. Le football a fait de moi quelqu'un de connu. Il m'appartient désormais de rester quelqu'un de bien. Un monsieur.

On n'écrit pas son autobiographie à 34 ans. On écrit les premiers chapitres d'une histoire à suivre. D'autres défis m'attendent et je compte bien tous les relever. Comme dit le philosophe : « Le difficile, c'est ce qui peut être fait tout de suite. L'impossible, c'est ce qui prend un peu plus de temps. »

Et si je réalisais l'impossible… Laissez-moi un peu plus de temps !

Chapitre 1

À l'origine

Je n'aurais pas dû naître. Personne ne m'attendait et seule ma mère m'a voulu. Mon père, Mangué, et ma mère, Kady, avaient donc décidé, après le septième, qu'il lui fallait mettre un stérilet. Néanmoins, deux mois après avoir choisi ce contraceptif, lors d'une visite de contrôle, ma mère s'était entendu dire qu'elle était enceinte.

Mon père n'avait pas été enchanté par la nouvelle mais il était impensable, pour la pieuse Kady, d'avoir recours à un avortement. C'était contraire à ses principes. Si Dieu en avait décidé ainsi, il était hors de question d'aller contre sa volonté.

Ma mère avait déjà perdu un enfant au pays. Elle n'était qu'une jeune fille quand son fils Mamadou avait contracté la varicelle. Mon frère avait 3 ans quand il s'est endormi pour une sieste dont il ne s'est jamais réveillé. La fièvre l'avait emporté dans son sommeil. En Côte d'Ivoire, la chaleur peut être assassine. C'est un oncle qui s'était inquiété de le voir dormir si profondément. Trop longtemps. Toute la famille avait soutenu Maman après le choc de ce drame. J'imagine que c'est une douleur qui ne cicatrise jamais.

Alors, quand le médecin avait dit à ma mère qu'elle attendait un enfant, elle s'était réjouie, malgré la crainte de contrarier son mari. Elle élèverait bien sept enfants, comme le voulait la tradition familiale. Elle ne savait pas encore qu'elle allait les élever toute seule.

Je suis né à Arles le 12 août 1981. Un bon gros bébé. Je pesais 4,8 kg. J'ai donné beaucoup de fil à retordre à ma pauvre Maman. Je ne voulais pas sortir. Il a fallu déclencher l'accouchement alors que le terme était dépassé. Il n'y avait plus assez de liquide amniotique, j'étais en danger. Je ne me présentais pas bien pour ma première sortie, il a fallu que les médecins me mettent dans le bon sens. Ma mère m'a confié avoir souffert le martyre pour me mettre au monde. Depuis, j'ai cherché à ne plus jamais lui faire de mal.

Je suis arrivé dans une famille plutôt aisée. Mon père, Mangué Cissé, était footballeur professionnel et gagnait assez bien sa vie. Nous vivions à Saint-Martin-de-Crau (Bouches-du-Rhône), dans une jolie maison. On m'a dit que notre père était très strict et que les coups de ceinture n'étaient pas rares. Partisans d'une éducation musclée, les pères africains ont souvent la main lourde. Je n'en ai pas fait les frais : mon père est parti avant de pouvoir ou vouloir me corriger. C'est quand même dommage qu'il soit passé à côté de moi. À côté de nous. Nous avions une belle situation, avec une belle maison, un magasin de vêtements. C'était rare de voir une famille africaine réussir.

Du jour au lendemain, il est parti. Je n'ai jamais trop su pourquoi. Lui s'en est expliqué des années plus tard, trop tard, par le biais de sa foi. Musulman très pratiquant, mon père disait que Dieu lui avait dicté ce retour au pays. J'ai trouvé cette excuse plutôt bancale et elle ne m'a pas permis de lui pardonner. Ce n'était même pas une excuse pour moi.

Je ne suis pas sûr d'avoir souffert de son absence. Je n'ai évidemment aucun souvenir de cette époque. Je n'ai pas vécu très longtemps dans cette jolie maison qu'il a désertée. Quand mon père a décidé, un matin, de s'en aller pour ne plus jamais revenir, ma mère s'est retrouvée seule. Sans homme et sans argent. Avec sept enfants.

Dans ma fratrie, il y avait deux enfants qui n'étaient pas de ma mère mais elle les a élevés sans faire de différence. C'est assez commun dans une famille africaine. Ça n'existe pas, chez nous, les demi-frères et demi-sœurs. Je ne sais pas comment elle a fait pour ne pas péter les plombs avec sept garnements qui enchaînaient les conneries.

C'est avec les larmes aux yeux que je me souviens de ce jour où j'ai confondu une bouteille de gaz lacrymogène avec du parfum. On peut se demander pourquoi mon frère Fodé l'avait laissée dans la salle de bain. Il avait tellement peur de la réaction de ma mère qu'il m'avait mis des gifles pour que je ne dise pas la vérité. Mes yeux avaient triplé de volume et je souffrais le martyre mais je n'avais rien dit.

Mon frère Seni, lui, avait une passion pour les motos. Je ne sais plus combien de fois il s'est planté. C'était le casse-cou de la famille ! De quoi rendre dingue ma mère si elle l'avait su. Pour la protéger, nous ne lui avons jamais raconté les cascades ratées du frérot. Nous savions tous maquiller nos égratignures pour ne pas l'inquiéter. Elle avait déjà suffisamment de soucis.

C'était quand même violent, pour elle, de quitter le confort d'une grande maison pour aller nous entasser dans un petit appartement à Arles, dans le quartier populaire de Barriol. On partageait deux chambres à sept enfants. Compliqué. Les jouets et les gadgets n'étaient pas possibles mais nous n'avons manqué de rien. On s'aimait et on s'entendait vraiment très bien. Ça riait beaucoup à la maison. Ce n'était pas facile mais ce n'était pas non plus la misère. On s'en est très bien sortis sans mon père.

Ma mère ne nous a jamais parlé de la raison de son départ. Elle a surtout cherché à combler son absence, en veillant à ce qu'on ne manque de rien. Devant nous, elle ne s'est jamais plainte de sa situation mais j'imagine facilement ses larmes quand elle se retrouvait seule dans sa chambre. Elle nous a protégés de ses moments de détresse. Elle a été très forte. Très, très forte. Si elle a été un exemple pour moi ? La question ne se pose même pas. J'essaie d'être à la hauteur de son courage et de tous les sacrifices qu'elle a faits pour nous.

Ma mère travaillait beaucoup et on n'avait pas le luxe de se payer une nourrice. Alors, mon frère m'emmenait avec lui au collège. On s'était arrangés avec les professeurs, qui avaient accepté que je sois au fond de la classe. Je devais avoir 2 ou 3 ans et j'allais déjà au collège ! Voilà pourquoi je me suis ennuyé à l'école quand j'ai été scolarisé à mon tour : j'étais trop en avance !

Plaisanteries mises à part, l'école ne m'a jamais intéressé. Je me souviens de ma rentrée à l'école primaire Henri Wallon, à Arles. Mon instituteur s'appelait M. Jaoul. Il était gentil et je l'aimais beaucoup. L'école, pour moi, c'était l'occasion de retrouver les copains et de jouer au foot mais ça ne m'intéressait pas plus que ça. Je n'avais que le football en tête. Mes premières idoles ont été mon frère Abou et Jean-Pierre Papin. J'entendais des échos sur mon père, parce que beaucoup d'Ivoiriens avaient joué avec lui et m'en parlaient, mais je n'ai jamais dit « Je veux faire comme Papa ». Plutôt comme Papin !

J'étais très admiratif et fier de mon frère. Abou a été le premier à devenir joueur professionnel. Comme notre père qui l'a inspiré lui. Moi, non. Je n'ai vu mon père que deux fois dans ma vie et jamais sur un terrain de foot. Abou a joué à Arles, Nîmes, Nice, Niort et un peu en Hongrie. International pour la Côte d'Ivoire, il a fait une belle petite carrière, sans être passé par un centre de formation. Il lui a peut-être manqué ce petit plus qu'on allait m'offrir des années plus tard.

Abou a vite été mon modèle. Il faisait figure de père. Celui que je n'avais pas. Je lui ai toujours voué un profond respect et une grande admiration. Il reste aujourd'hui très important, même si nous sommes devenus des hommes. Je sais qu'il est fier de moi, bien qu'il ne me le dise pas.

Je le sais et c'est tout ce qui compte. Il y a beaucoup de pudeur entre nous.

C'est lui qui a géré ma carrière dès le départ. Qui parlait avec les agents et autres recruteurs. Il m'a accompagné à Liverpool. Il connaît bien ce milieu pour être passé par là : il a joué pro, il a été international, il était donc de bon conseil et je l'ai écouté. Il savait à quel point c'est dur de sortir du lot dans le sport de haut niveau. C'est beaucoup de travail et il est important d'être bien entouré. Abou a fait énormément pour moi. Aujourd'hui, il est surveillant dans un collège et il s'occupe du club dans lequel nous avons commencé. Il n'a pas cherché à devenir agent, à faire une carrière. Ça ne l'intéressait pas. Peut-être qu'il aurait aimé avoir une carrière plus grande mais il a privilégié le contact avec les gens et principalement les enfants, les joies d'une vie tranquille et des plaisirs simples. Son garçon est né le même jour que mon fils, le 6 mars 2006. C'est dingue, non ?

Ainsi, Abou a guidé mes premiers pas dans le football. Au sens propre comme au sens figuré ! Lors du tournoi juniors de Saint-Martin-de-Crau, toute la famille était venue voir jouer mon grand frère. Ma sœur Damayé avait la responsabilité de me surveiller dans ma poussette, ma mère discutant avec les autres mamans. À neuf mois, je commençais à esquisser quelques pas en me tenant à tous les meubles de la maison. Maman était en pleine conversation quand elle a entendu les gens s'exclamer qu'il y avait un bébé sur le terrain. C'était moi. J'avais échappé à la surveillance de ma sœur pour marcher en direction de mon frère. Incroyable mais vrai ! J'ai fait mes premiers pas sur un terrain de football. Damayé m'a récupéré devant une assistance hilare qui a certifié à ma mère que je finirais certainement footballeur. Ce que les gens n'avaient pas prévu, c'est que le tournoi porterait un jour mon nom. Nous en reparlerons plus tard.

J'allais à l'école en dilettante, comme si je n'étais pas concerné. La seule matière dans laquelle j'avais d'excellentes notes, c'était le sport. J'étais capable d'oublier mon cartable mais mon ballon, jamais ! Mes devoirs n'étaient que trop rarement faits, ce qui a valu à ma mère de nombreuses convocations. Elle n'en pouvait plus de s'entendre dire que je gâchais mon potentiel. Ce n'est pas que j'étais en difficulté mais je ne faisais même pas l'effort d'essayer. Je ne pensais qu'à jouer au foot. Pourtant, Maman a bien essayé de me prendre en otage, en m'interdisant d'aller disputer certains matches importants si je ne remontais pas mes moyennes. Pour la convaincre de retirer sa punition, je travaillais juste le temps d'être autorisé à chausser mes crampons. Ça ne durait jamais longtemps. Elle a fini par laisser tomber et ne plus aller aux convocations des instituteurs.

Malheureusement pour tout le monde, c'était une perte de temps. Je ne suis pas forcément très fier de mon attitude à l'époque et j'espère que mes enfants ne suivront pas mon mauvais exemple. Je suis conscient de l'importance d'une bonne éducation scolaire. Je ne l'étais pas à l'époque. Je savais seulement qu'il me fallait être quelqu'un de bien, ne pas faire de bêtises pour ne pas créer de problèmes à ma maman que j'aimais plus que tout. Je ne dis pas que nous avons été des anges mais c'était trop dur de voir notre mère avoir de la peine. Elle ne nous tapait pas quand nous avions fait une connerie. Elle restait de son côté et ne nous parlait plus. On ne supportait pas de lui avoir fait de la peine.

On était tous conscients du mal qu'elle se donnait pour nous. On était une équipe ! Elle était notre gardienne et Abou notre capitaine. Personne ne voulait prendre de carton rouge pour mettre cette équipe dans l'embarras. Aucun de nous n'est passé par la case Commissariat. Même si on ne roulait pas sur l'or, on n'a jamais rien volé, jamais rien fait d'illégal. J'étais trop petit pour me rendre compte que j'étais le chouchou de chacun, le privilégié. J'ai même fait un caprice un jour pour avoir les derniers crampons qui venaient de sortir : le lendemain, on jouait le dernier match de notre championnat. Ça n'avait pas de sens mais j'avais beaucoup insisté. Je ne réalisais pas à quel point ils étaient chers pour Maman. Le vendeur, lui, avait compris. Il avait accepté d'encaisser le chèque plus tard, pour l'aider. S'il se reconnaît, je le remercie d'avoir soulagé ma maman. J'espère que ça lui a porté bonheur.

Maman s'est échinée à faire des ménages pour nous élever, la tête haute et le cœur grand. Elle travaillait tout le temps ! Même le dimanche, je me souviens qu'elle faisait le ménage dans une boulangerie. Parfois, je l'accompagnais pour lui donner un coup de main. Les patrons de cette boulangerie avaient beaucoup de tendresse pour cette femme qui venait toujours travailler à l'heure et avec bonne humeur. Aussi, ils l'autorisaient régulièrement à prendre toutes les viennoiseries qu'ils n'avaient pas vendues. C'était peut-être les croissants de la veille mais pour nous, c'était toujours un régal. On les partageait volontiers avec tous les copains du quartier.

Ensuite, ma mère a fait le service dans les cantines des lycées. Quand j'ai voulu qu'elle arrête de travailler, puisque je pouvais à mon tour veiller sur elle, elle a refusé. Ma mère aimait la compagnie des gens et elle voulait garder une vie sociale. Elle n'a pris sa retraite que très tard, il y a quatre ou cinq ans. L'argent n'a jamais été un moteur : l'humain était plus important. C'est probablement d'elle que je tiens cet aspect sentimental. L'affect a toujours été primordial dans ma vie comme dans ma carrière.

Je ne garde que des bons souvenirs de mon enfance et de cette vie à huit. Surtout les Noël ! C'était génial. On se retrouvait tous à table pour le gros repas de l'année, avec tout ce qu'on aimait le plus. Ma mère sait tout cuisiner, sa dinde était merveilleuse mais l'Afrique n'était jamais loin. La sauce gombo (ma préférée) venait se greffer quelque part pour me faire plaisir. Encore aujourd'hui, quand ma mère vient passer quelques jours chez moi, elle me prépare toujours un gombo.

Les Noël restent pour moi les meilleurs moments de cette époque. L'attente jusqu'à minuit, pour découvrir nos cadeaux, se faisait dans la joie et une grande bonne humeur. C'était le bonheur, simple mais partagé. On n'avait pas forcément de gros cadeaux mais ça n'avait pas d'importance. Je me souviens néanmoins d'une année où j'avais reçu une paire de crampons sans lacets Duarig. Ce que j'ai pu les aimer ! Jouer au foot me rendait heureux. Mes voisins, un peu moins. Je passais mon temps sous le porche de l'immeuble à travailler ma frappe. J'aimais déjà entendre le ballon claquer fort. Le voisinage se plaignait tout le temps du tapage que je faisais. Aujourd'hui, ces mêmes personnes me demandent des autographes. Ça fait beaucoup rire ma maman.

Chapitre 2

Bon élève

Je n'ai jamais rêvé ma vie ou imaginé quelle aurait pu être ma carrière maquillée avec des « Si » et des « Peut-être ». J'ai toujours été très pragmatique : j'ai fait ce que j'avais à faire pour être footballeur professionnel. Je n'ai jamais dormi avec un ballon en m'imaginant jouer à la place de tel ou tel champion.

Même si j'étais admiratif de Jean-Pierre Papin, je ne rêvais pas d'être lui. Je ne faisais pas semblant d'être lui quand je jouais avec les copains, comme n'importe quel gosse qui s'imagine dans la peau de son joueur préféré. Je reproduisais ses gestes mais celui que je voulais être sur le terrain, c'était moi. Cissé, c'est le seul maillot que j'ai voulu porter.

J'ai trouvé marrant de faire cette campagne pour mon équipementier adidas en 2006. José et Pedro, deux gamins sud-américains, composaient leur équipe idéale. J'étais le premier choix de Pedro et j'étais rejoint par Kaká, Zidane, Beckham, Defoe, Messi, Kahn, Lampard, Beckenbauer, Platini... Deux équipes impossibles sur le papier. Mais tout est possible dans les rêves d'un enfant. Dans les miens, il s'agissait de devenir un grand nom du football. Impossible is nothing, n'est-ce pas ?

Très tôt, j'ai montré des dispositions assez incroyables. Je possède une vidéo de moi vers 7 ans. C'est un truc de fou, la vitesse à laquelle je cours et la force avec laquelle je frappe. Mon fils Cassius est comme ça, c'est peut-être de famille. Tout jeune, on a essayé de m'orienter vers l'athlétisme à cause de ma vitesse. Ma sœur sortait avec un athlète qui était en équipe de France de saut à la perche. Tous les mercredis, j'allais m'entraîner avec eux avec une licence UNSS. J'ai hésité pendant un moment. Vers 13-14 ans, je gagnais quasiment toutes mes courses sur 80 m. J'aimais bien l'état d'esprit de ce sport mais j'aimais trop le foot pour y renoncer. Quand on est petit, on ne pense pas à gagner de l'argent mais à être reconnu pour son talent. À marquer des buts et avoir son nom en haut de l'affiche.

Le premier à s'être intéressé à moi était M. Gilles, le coach de l'AC Arles. Il avait vécu en Côte d'Ivoire et s'était marié avec une Ivoirienne. À son retour en France, en 1987, il était devenu éducateur sportif à l'ACA où il avait joué quand il était plus jeune. Il connaissait Abou et Seni, qui jouaient au club. Quand il avait rencontré ma mère dans les rues d'Arles, il lui avait demandé de m'inscrire aussi. Si j'étais aussi bon que mes aînés, cela ferait du bien à l'équipe.

C'était certainement une façon d'être polie mais ma mère l'avait écouté. En septembre 1989, je prenais donc ma première licence de football. Je venais d'avoir 8 ans. Ma mère n'ayant pas le temps de s'occuper de m'emmener aux entraînements au stade Mailhan, mes frères ou mes sœurs m'accompagnaient, car ce n'était pas très loin de la maison. En revanche, pour disputer les matches et autres tournois de débutants, c'est M. Gilles qui venait me récupérer à Barriol. C'était gentil de sa part. Il savait dans quelle situation difficile ma mère se trouvait. Nous lui en avons toujours été reconnaissants.

Avec les débutants de 1989, M. Gilles avait une sacrée équipe. Il y avait Manu Corrèze, qui allait avoir une carrière respectable après être passé par le centre de formation de Marseille. Il a participé à la montée historique de l'ACA en Ligue 1, en 2010. Jérémy Banti était plutôt bon sur un terrain de foot mais c'est dans les arènes qu'il a fini par s'illustrer en devenant matador. Il me passait de très bons ballons qui me permettaient de m'illustrer rapidement devant les cages. Je marquais des buts à chaque match grâce à mes coéquipiers : nous étions des gosses mais avec un sens du collectif assez rare pour notre âge. J'ai toujours eu cette chance d'être bien servi. Ma vitesse de pointe faisait le reste.

J'entends mes détracteurs mettre en avant que c'est la seule chose que j'ai su faire : courir vite et frapper fort. Et alors ? Si tu marques après avoir dribblé toute la défense, est-ce que le but compte double ? Pour moi, un but, c'est quand le gardien est battu et que le ballon est dans les cages. Quoi qu'on en dise, on ne peut pas me réduire à une grosse frappe. J'y ai souvent mis la manière.

Chez les débutants, je sortais du lot grâce à mes atouts et personne ne me le reprochait. Quoique… M. Gilles devait constamment avoir ma licence dans la poche car on me soupçonnait d'être plus vieux que les autres joueurs. Les licences, à l'époque, étaient établies à partir d'une année footballistique qui allait du 1er août au 31 juillet. Étant du 12 août, j'entrais donc dans une catégorie où j'étais parmi les plus vieux. Sans tricher pour autant.

Ça ne faisait pas de moi un géant non plus. Du fait de mes résultats pendant les tournois, les éducateurs contestaient systématiquement ma légitimité à jouer en débutants. M. Gilles n'a jamais accepté la polémique et m'a toujours défendu. Il avait une très bonne équipe, il n'allait quand même pas s'en excuser ! Dans les gradins, les parents se plaignaient de voir leurs enfants battus par un joueur qui avait probablement triché sur son âge. « En Afrique, on n'est jamais sûr de l'état civil. » Malheureusement pour ces mécontents, j'étais né en France, à Arles. J'étais bien un enfant du pays, tout comme leurs garçons. Ce n'était pas tant mon gabarit qui posait problème, juste le fait que je marquais beaucoup trop de buts. De mon point de vue, je n'en marquais jamais assez.

Dès que j'ai joué avec un ballon, j'ai aimé ça. Il faut croire que j'avais le football dans le sang. Du moins, dans le cœur. J'aimais tellement ça, jouer, que je n'avais pas de souci à rejoindre des équipes moins compétitives que l'équipe première. Dans tous les clubs, dès les premières années, on fait jouer les meilleurs éléments ensemble et on regroupe les moins bons dans des équipes numéro 2, 3, 4… M. Gilles m'a rappelé que lorsque ces équipes moins performantes avaient besoin d'un coup de main pendant un tournoi, je ne rechignais jamais à jouer avec elles. Je n'ai jamais eu la grosse tête et j'ai toujours pris du plaisir sur le terrain.

En poussins, on avait une équipe vraiment forte. J'étais très ami avec mon coéquipier Gaël Givet. Je passais plus de temps chez lui que chez moi. Quand on pense qu'on s'est retrouvés ensuite en équipe de France ! Il y avait encore Manu Corrèze, qui allait donc intégrer le centre de formation de Marseille, et Nicolas Isselin, qui jouerait un an chez les pros à Monaco. C'est dingue, non ? Sur les six joueurs de notre petite équipe, il y avait quatre futurs pros, dont deux internationaux ! Du jamais vu. Exceptionnel !

Ce qu'on a pu s'amuser ensemble ! Je n'avais aucune pression de devoir contenter qui que ce soit. Ma famille n'attendait rien d'autre de moi que je m'amuse en faisant du sport. Avant d'être une carrière, le football, c'est d'abord de la discipline, du respect et de l'amitié. De mon point de vue, il ne devrait véhiculer que des valeurs fortes comme le fair-play, le dépassement de soi et le rapprochement des hommes. On ne devrait pas résumer le football aux millions que gagnent les clubs et les joueurs. C'est avant tout le bonheur de jouer. Ensemble. Pour quelqu'un.

Quand on est venu me chercher pour aller jouer à Nîmes, mon avenir a commencé à prendre forme. Du haut de mes 11 ans, je me suis pris à rêver un peu plus fort. J'allais avoir un avant-goût de ce que pouvait être une carrière de footballeur. Il me fallait partir en internat à Saint Jean-Baptiste de la Salle puis à Emmanuel d'Alzon. Des établissements catholiques. Ma mère n'allait pas s'opposer à ça avec le risque de me priver d'accéder à un centre de formation. Elle savait que je rêvais de jouer au foot et c'est tout ce qui comptait pour elle : m'encourager à réaliser mes rêves. Quand on lui avait demandé l'autorisation de m'enseigner le catéchisme, elle avait suivi ses principes. « Nulle contrainte en religion », dit le Coran. Elle m'avait donc laissé choisir. Je ne faisais de mal à personne.

Mon père ne m'avait pas enseigné l'Islam qu'il pratiquait. Dans une famille musulmane, tu ne nais pas musulman. Même si mon père était joueur professionnel, je ne suis pas né footballeur. Il a bien fallu qu'on m'apprenne à le devenir. Ma mère travaillait trop pour nous enseigner autre chose que d'être de bonnes personnes et des citoyens respectueux. Elle nous a laissés libres de nos choix et de notre foi. Sans éducation religieuse, je suis allé au catéchisme et j'ai aimé ce qu'on m'y a enseigné. J'ai conservé ma foi depuis. Bien sûr que ça a fait grincer quelques dents, principalement au pays. Pendant la Coupe du monde, si je me signais avant d'entrer sur le terrain, ça faisait un scandale. Je n'ai rien renié pour me convertir au catholicisme : je n'ai connu que cette religion.

Mon frère Fodé est devenu imam en Belgique. C'est un choix qu'il a fait seul, sans que ce soit dicté par qui que ce soit. La foi est une question de choix et de liberté. Je suis un fervent catholique et non un traître converti. C'est un choix qui m'appartient et sur lequel je n'ai pas à me justifier. Je comprends que ça intrigue certaines personnes mais pas que ça les dérange. Je m'appelle Djibril et je suis chrétien. Si les gens n'ont pas assez de soucis dans leur vie pour faire de ma foi religieuse leur problème, c'est triste. Pour eux. Que Dieu leur vienne en aide.

Pour revenir à mon départ de la maison en internat, ça n'a pas été trop dur, malgré mon jeune âge. Ce n'était pas très loin de la maison et je rentrais tous les week-ends. On rigolait bien, j'ai adoré l'ambiance. Ce qu'on a pu faire comme conneries la nuit dans les dortoirs ! Les surveillants pétaient les plombs avec nous. J'étais censé être en sport-études mais en ce qui me concerne, c'était plus du sport qu'autre chose. J'aimais bien l'histoire-géo et les langues vivantes mais pour le reste, j'arrivais très souvent en retard. Je n'ai jamais réussi à m'intéresser à ce qu'on me racontait en classe.

La seule chose que je notais soigneusement dans mes cahiers, c'était le nombre de buts que j'avais inscrits. À en croire ma copie, je marquais 150 buts par mois ! Quand on a commencé à parler de moi dans les vestiaires, autour de mes 13 ans, mon frère Abou m'a chambré en disant qu'on aurait dû parler de moi au Journal Télévisé ! Abou se moquait gentiment de moi, disant que si on m'écoutait, j'étais le meilleur buteur de tous les temps. Devant Pelé ! En fait, dès mon plus jeune âge, j'ai comptabilisé tous mes buts. Même ceux que je marquais à l'entraînement, seul face au gardien, ou pendant les matches avec les copains. Je les notais religieusement dans un carnet. Logiquement, je me retrouvais tous les ans avec un palmarès extraordinaire que je revendiquais avec fierté. Je ne faisais aucune différence. C'est dire combien j'aimais marquer ! Avec, en tout, quelque 10 000 buts, j'ai marqué l'histoire du football, non ?

On parle souvent des sacrifices que doivent faire les sportifs de haut niveau. C'est vrai qu'on n'a pas eu de jeunesse. Disons, moins de sorties que les autres. Mais est-ce vraiment important ? Moi, je voulais être footballeur professionnel et je savais qu'il fallait en passer par là, donc ça n'était pas tant que ça un sacrifice. Je n'étais pas envieux de mes potes qui pouvaient sortir à leur guise et fréquenter les filles. C'était un choix. Je n'ai pas subi de sacrifice important, si ce n'est celui d'être éloigné de ma famille. En même temps, je n'étais pas à l'autre bout de la France. Pas encore.

Je rentrais tous les week-ends pour retrouver les bons petits plats de ma mère. Et la garde-robe de mes grands frères. Je piochais allègrement dans leurs armoires pour repartir le sac chargé de leurs affaires. Abou était ma principale victime. On partageait cette même passion pour la mode. Il était mon référent en tant que figure masculine et je voulais lui ressembler. Quand il est devenu champion de Ligue 2 en 1994, il s'est teint en blond pour fêter ça. C'était assez rare, à l'époque, pour un Black de se permettre ce genre d'excentricités. J'avais adoré. J'allais rapidement le suivre sur cette voie. C'est paradoxal, quand on sait à quel point je suis timide, mais je n'ai jamais cherché à me cacher. Juste à être moi-même.

Je n'ai jamais suivi la mode mais j'ai plutôt inventé la mienne, avec un style haut en couleurs.

J'ai eu très tôt le goût de m'habiller, avec un style tout à moi. Ma pauvre mère ne savait plus quoi faire avec moi. Elle n'avait pas les moyens de nous acheter de jolis vêtements dans les boutiques, alors elle nous habillait sur le marché. Je refusais souvent de porter ce qu'elle m'avait choisi, honteux de chausser des baskets à deux bandes. Je savais exactement ce que je voulais mettre. Qui je voulais être. Moi.

Chapitre 3

Joueur de foot

On peut évoquer n'importe lequel de mes buts, je sais exactement quand et comment je l'ai marqué. Sur dix, il y en a peut-être trois pour lesquels ça va être un peu flou dans ma mémoire. C'est difficile de dire quels sont mes préférés. Le missile contre Rennes en mai 2002 est probablement le plus beau but de ma carrière : personne ne pouvait se douter que j'allais frapper de là, avec une telle force.

Même au ralenti, on ne voit pas le ballon fuser, la caméra n'arrive pas à suivre. Cette année-là, j'étais en pleine forme. Tout me réussissait ! J'aurais pu frapper du vestiaire, ça serait rentré ! Ça ne serait pas toujours le cas…

Je n'ai pas réussi que des chefs-d'œuvre mais quand même beaucoup de jolis buts, comme le retourné contre le Paris SG en 2001. C'était une double satisfaction pour moi de marquer contre Paris. Comme contre l'Olympiakos : tous mes buts contre « l'ennemi n°1 » avaient une saveur particulière. Il y en a eu un beau, aussi, en finale de la Cup avec Liverpool, une belle reprise de volée. Les volées, c'est un geste que je maîtrisais bien. Elles se décidaient très rapidement, presque toutes seules. J'ai toujours été un instinctif. Je ne dis pas que je n'ai pas travaillé dur pour les réussir. Plus récemment, le but contre Sochaux en 2014 n'était pas mal du tout. Un peu dans le même esprit que mon but face à Monaco en décembre 2001, sur une transversale de Khalilou Fadiga. Ce qu'il a pu me donner comme caviars !

Sans la vidéo, toute cette liste n'a pas de sens. Et pourtant, ce que je peux aimer raconter mes buts… Ma mère vous le dirait : je l'appelais tous les week-ends pour revenir avec elle, dans le détail, sur chacune de mes actions. Elle n'y comprenait rien mais s'amusait de mon enthousiasme débordant. Quand je ne marquais pas, c'était évidemment la soupe à la grimace. Si on devait compter tous les buts que j'ai ratés ! Mais on doit tous en passer par là. Comme l'a si bien dit le grand Michael Jordan : « J'ai raté 9 000 tirs dans ma carrière. J'ai perdu presque 300 matches. Vingt-six fois, on m'a fait confiance pour prendre le tir de la victoire et j'ai raté. J'ai échoué encore et encore et encore dans ma vie. Et c'est pourquoi j'ai réussi. » J'ai marqué des buts dans tous les clubs où je suis passé. Ça me laisse hermétique aux critiques. J'ai fait le boulot.

Parlez-moi de n'importe quelle équipe dans laquelle j'ai joué et je vous dirai comment j'ai marqué. C'est propre à n'importe quel buteur, ça. Notre obsession, c'est de marquer des buts. Je ne me souviens pas de mes passes décisives. Même si c'est tout aussi important, ce n'est pas la finalité d'un attaquant. Je ne dirais pas que ce n'est pas mon job mais moi, je voulais marquer. Faire gagner l'équipe, c'est ce qu'il y a de bon. C'est encore mieux si c'est avec un but, plutôt qu'avec une passe décisive. Demandez à Jean-Pierre Papin, je suis certain qu'il se rappelle de chacun de ses buts. Pas de ses passes décisives.

Pour mon premier but de licencié avec un maillot de club, je devais avoir 8 ans. C'était avec Arles. Je ne m'en souviens pas exactement. Mon tout premier but en L1, c'était pour Metz-Auxerre le 5 août 2000. La semaine précédente, j'étais entré pour les dix dernières minutes contre Wolfsburg et j'avais qualifié l'équipe en marquant. Je m'en souviens comme si c'était hier. Tout est dans ma tête. Comme un film indélébile.

Je n'ai jamais su expliquer ce que je ressens quand je marque un but. On me l'a demandé cent fois et je n'ai rien répondu. C'est vrai que j'ai une joie assez démonstrative. Une rage euphorique qui témoigne de ma passion et de mon engagement. Je me vois comme un soldat. Un guerrier victorieux. Avec une certaine animalité, oui. [redacted]

Le foot, c'est une « petite guerre », avec deux camps qui mettent en place une stratégie pour prendre le dessus sur l'autre. Il s'agit d'envahir un territoire, d'occuper le terrain et d'en prendre possession. Il y a parfois des blessés (j'en sais quelque chose). Écoutez le langage ! C'est un peu guerrier. Disons que c'est une lutte plus qu'une guerre.

J'ai eu la chance de défier de grands gardiens. Grégory Coupet, Fabien Barthez, Edwin van der Sar, Gianluigi Buffon… et tellement d'autres ! Dans mes bêtes noires sur le terrain, il y avait quelques défenseurs. Je n'aimais pas trop les avoir en face de moi. C'est vrai que je n'aimais pas trop me retrouver face à Gaël Givet car c'est comme mon frère. Ce n'est pas facile de battre quelqu'un qu'on aime. C'est vrai que j'ai presque toujours marqué face à lui. Pourtant, il n'était pas facile, le frérot : là où tu mettais le pied, il mettait la tête. Comme Jacek Bak à Lyon, Jean-Christophe Devaux à Strasbourg ou encore Rio Ferdinand à Manchester United. Ils jouaient dur sur l'homme et chaque contact avec eux faisait mal. C'était pénible pour moi. J'ai détesté les affronter. C'est dur de se retrouver face à ces mecs-là. Des « chiens ». Ne vous méprenez pas : dans notre jargon de footeux, un « chien », c'est un joueur qui ne renonce jamais, qui ne lâche rien. Qui ne te lâche pas.

Dans la vie, je suis plutôt d'une nature timide et réservée. Enfant, je ne parlais pas beaucoup mais une fois sur le terrain, je devenais une grande gueule. Je criais, je râlais. Je m'exprimais avec beaucoup de virulence. Ce que j'ai pu râler ! C'est un trait de ma personnalité de joueur

[redacted]

souvent évoqué par mes entraîneurs ou mes coéquipiers. Ça devait être pénible pour eux, je le reconnais. Éric Gerets disait de moi que je criais beaucoup sur le terrain mais une fois dans le vestiaire, j'avais déjà oublié. On m'a dit que Zlatan Ibrahimovic est comme moi : une fois rentré au vestiaire, il ne se souvient absolument pas de tout ce qu'il a pu dire. C'est peut-être un truc de râleur ! Certainement un truc d'attaquant ! Guy Roux m'appelait le « chef de gare » parce que je levais le bras en rouspétant. Manifestement, c'est devenu ma marque de fabrique puisqu'on me retrouve le bras en l'air sur PlayStation, dans le jeu « FIFA ». Je trouve ça drôle.

Nous, les attaquants, sommes tellement à la recherche du scénario idéal pour jouer notre rôle que nous avons tendance à ne pas être contents quand ce n'est pas le cas. On demande des passes parfaites. Attention, on est capable de gueuler par contrariété, envers nous-mêmes, pour avoir raté l'inratable. Je n'ai pas fait que gueuler sur les autres. Je n'ai pas de problème pour qu'on me crie dessus. Quand un coéquipier rate sa passe ou quand je rate mon tir, les conséquences sont les mêmes. On ne gagne pas. Et moi, j'ai toujours voulu gagner. Tout le temps ! Il faut me voir jouer au Monopoly pour comprendre que je ne sais pas perdre.

C'est plutôt une qualité, de mon point de vue, de vouloir être à la hauteur de son job. Mon boulot, c'était de marquer des buts et je ne supportais pas de faillir à ma tâche. Je comprends tous ces attaquants qui ont une triste mine quand ils n'ont pas marqué, même si leur équipe a gagné. Les gens vont dire que ce sont des égoïstes qui ne pensent qu'à se mettre en avant et à briller individuellement. Pas du tout. Ce sont juste des attaquants, une race à part, régulièrement insatisfaite, râleuse et boudeuse. Je sais ce que c'est : on n'est heureux qu'une fois qu'on a fait ce que l'on attendait de nous. Ce que nous attendions nous-mêmes.

Et là, c'est l'exaltation. À chaque fois. Déjà, petit, quand je marquais, je faisais le tour du terrain. Il fallait que j'exprime ma rage de vaincre, ma joie de marquer. C'était plus fort que moi. Quand j'ai joué contre Auxerre avec Bastia, en Coupe de la Ligue, mes anciens supporters ont mal pris le fait que j'exprime autant ma joie après mes deux buts. C'était spontané et il fallait tenir compte du fait que je revenais de loin. Je jouais très diminué, avec mon problème de hanche. Marquer, c'était comme une rédemption. Le lion n'était pas mort.

Ma rondade salto est venue d'Emmanuel Lopez, un ami d'enfance qui nous a quittés depuis. Il venait d'une famille de gitans qui habitait juste en dessous de chez moi, dans l'immeuble à Barriol. Je jouais au foot avec son frère et lui faisait de la gymnastique. Dès qu'il rentrait au quartier, il nous faisait une démonstration de ce qu'il avait appris à l'entraînement. Au milieu de nos jeux de ballon ! Il nous gonflait avec ses acrobaties, alors j'ai eu envie de le faire taire en faisant mieux. Je m'étais entraîné pour réussir la rondade salto qu'il ne maîtrisait pas encore. J'y suis parvenu et spontanément, après avoir marqué un but, j'avais fait le saut. Je devais avoir autour de 14 ans, c'est resté. Est-ce que ça a contribué à l'érosion de ma hanche ? Probablement ! Forcément, ça abîme. Mais avec l'adrénaline, on n'y pense pas. Et c'est tellement beau quand c'est bien fait ! Guy Roux me l'avait interdit. Il avait peur pour mes articulations. On peut dire qu'il a été visionnaire pour le coup ! Il a toujours vu les choses bien avant tout le monde.

Il a fait réussir des joueurs en qui personne ne croyait. C'est ça, un grand coach. Il n'a jamais joué au foot. La vista, il l'a toujours eue sur le bord du terrain. À mon avis, tu ne peux pas être un grand coach quand tu as joué au foot. Être joueur puis coach, c'est pour moi incompatible. Après, bien sûr qu'il y a des exceptions, comme Pep Guardiola. Mais entre nous, le Barça et le Bayern Munich n'ont pas besoin de coaches, actuellement, pour gagner.

Pour moi, un joueur ne peut vraiment pas devenir coach. Il n'aura pas les mêmes résultats qu'un Guy Roux ou un Alex Ferguson. On pourrait croire que le fait d'avoir été joueur joue en ta faveur. Que tu sais de quoi tu parles. C'est une autre vision. Une autre mission. Moi qui étais avant-centre, je ne m'intéressais pas particulièrement à l'entraînement des défenseurs et des milieux de terrain. Si demain, il me prenait l'envie de devenir entraîneur, je leur raconterais quoi, aux défenseurs ? Au gardien ? Je ne pourrais leur transmettre que mon point de vue d'attaquant, ma façon de mystifier une défense. Et après ? Bien sûr, il y a des joueurs faits pour ça mais pas moi. Laurent Blanc avait déjà cette intelligence tactique sur le terrain.

Avec mes entraîneurs, j'ai toujours eu besoin d'avoir un rapport affectif fort. Je fonctionne beaucoup à l'affect. Guy Roux était bien plus qu'un coach pour moi. Je l'appelle encore aujourd'hui pour lui demander conseil. Raymond Domenech aussi. Je n'ai noué aucun lien avec les coaches que j'ai eus au Qatar et en Russie. Je ne me souviens même plus de leur nom. Il faut que l'entente dépasse le cadre du foot. Qu'il y ait un truc d'homme à homme.

Didier Drogba me confiait que c'était pareil pour lui avec José Mourinho. Il allait à la guerre pour lui en sachant que son coach se battrait aussi pour lui. J'ai connu Didier lors d'un match. Il est plus âgé que moi mais il a commencé le football plus tard. À la fin de la rencontre, il était venu me voir pour me demander de dire quelques mots à l'un de ses amis en Côte d'Ivoire qui m'aimait beaucoup. J'avais naturellement pris le téléphone pour parler avec mon fan. On en avait ri avec Didier et on était restés potes. On partageait les mêmes racines et le même goût pour le caritatif. On avait la même rage de vaincre, la même faim de buts et de victoires. C'est un mec génial !

Je pense qu'une affinité particulière avec le coach est nécessaire pour donner le meilleur de soi. Évidemment, tu joues pour le maillot, l'équipe, tes supporters mais celui qui t'amène à le faire du mieux possible, c'est ton entraîneur. Tout grand joueur a eu « son » coach. Celui qui l'a compris mieux que les autres et qui l'a révélé à lui-même avant de le révéler au monde. Un joueur ne peut pas progresser tout seul. Si derrière chaque grand homme se cache une femme, derrière chaque grand joueur se cache un coach.

Chapitre 4

Auxerre

Guy Roux a été un père pour moi. Voire une maman. Quand j'étais malade, il m'apportait des soupes et ses fameuses tisanes à la maison. Il venait surveiller ma température, voir comment je me sentais. Je n'ai jamais vu ça ailleurs dans le football moderne.

Je me souviens très bien de la première fois où je l'ai eu au téléphone. Il était à l'Euro 96 en Angleterre. J'hésitais entre Montpellier et Auxerre. Ma mère s'inquiétait de me voir partir loin de la maison alors que j'avais un oncle directeur à Montpellier. Mama Ouattara s'occupait du centre de formation après avoir mené une carrière de footballeur avec mon père. Il était assez populaire. D'ailleurs, une rue porte son nom à Montpellier. Pour lui, il était logique que son neveu vienne jouer dans son club. Il n'avait même pas pris la peine de s'assurer de cette cohérence. C'était dans la poche pour lui mais il n'avait pas compris comment je fonctionnais : j'ai toujours eu besoin de sentir qu'on voulait m'avoir dans une équipe. Qu'on m'avait choisi.

Même s'ils me l'avaient demandé à genoux, je n'aurais jamais pu aller au Paris SG. J'ai du respect pour ce club, ses joueurs. Ce qu'ils font, c'est beau mais je n'aurais jamais pu porter ce maillot. Je ne saurais pas l'expliquer de façon rationnelle. C'est épidermique : l'enfant d'Arles au cœur marseillais n'aurait pas supporté cette forme de trahison. Aller faire mes gammes à l'Olympique de Marseille ? Ça aurait pu être un rêve, puisque j'en étais supporter. L'OM, c'est mon enfance. Ce club m'a bercé par sa dimension. Dans le Sud, presque tout le monde vit et pense OM. Moi, comme les autres, je n'y ai pas échappé. Mais on ne faisait que les battre avec notre équipe de jeunes.

De plus, Auxerre était mon premier choix. Avec Nantes, c'étaient les deux meilleurs centres de formation français. En 1996, Auxerre était une grande équipe. Ils venaient de remporter Coupe et championnat de France. Je n'avais qu'une seule envie, aller jouer là-bas. Quand le recruteur d'Auxerre, Serge Courant, nous avait approchés, je n'osais pas croire à ma chance. Quand Guy Roux avait appelé à la maison, ma mère n'y avait pas cru non plus. Il avait fallu qu'Abou lui parle pour qu'on se rende compte de ce qui m'arrivait.

Guy Roux avait donc appelé à la maison pour nous convaincre. Je dis « Nous » car c'est à ma mère qu'il a parlé principalement. Il a trouvé les mots pour la persuader de me laisser partir à six cents kilomètres de la maison. Il a su la rassurer. Que je joue ici ou là n'avait pas d'importance pour elle : ma carrière ne regardait que moi, elle estimait ne pas devoir s'en mêler. Mais je restais son petit garçon et elle s'inquiétait de me savoir seul, loin de ma famille. J'ai pris ma décision tout seul après une visite du centre de formation. Guy Roux nous avait reçus en personne et nous avait emmenés déjeuner au restaurant. Je n'avais pas encore 15 ans et j'avais l'impression d'être traité comme un monsieur. Ça m'avait touché qu'il y mette la manière, avec beaucoup d'humanité.

Je suis arrivé à Auxerre au mois de juillet 1996. Il y avait un grand soleil et il faisait très chaud. De quoi rassurer un enfant du Sud comme moi. On m'avait mis dans une chambre avec Olivier Kapo. En discutant, on s'était rendu compte que nos pères avaient joué ensemble. Et que ma sœur était sa cousine : mon père l'avait eue avec sa tante ! J'avais fait six cents kilomètres pour atterrir par hasard dans la même chambre que mon cousin éloigné. Elle n'était pas si loin que ça, la famille, en fin de compte. Elle est folle, cette histoire… On a été tellement proches, lui et moi. Toujours fourrés l'un chez l'autre. On l'est toujours. Comme il avait un an de plus que moi, on ne jouait pas ensemble mais on s'est rattrapé en pro.

J'ai adoré le centre de formation. Marquer des buts, j'ai toujours aimé ça. Avant que ça ne devienne un métier, ça a toujours été une passion. Le ballon ! J'étais même ramasseur de balles quand les pros recevaient à domicile.

Je me souviens des matches de Ligue des champions contre le Borussia Dortmund ou l'Ajax Amsterdam. Il y avait de grands joueurs à l'AJA : Lilian Laslandes, Stéphane Guivarc'h, Moussa Saïb, Sabri Lamouchi, Taribo West… Je n'avais d'yeux que pour les attaquants parce que je me projetais à leur poste. Ils étaient très sympas avec nous. On essayait tous de gratter un maillot, une signature sur n'importe quoi. Je ne suis jamais allé leur demander conseil avant de m'entraîner avec eux. Je n'osais pas, j'étais trop timide. Après, je les ai beaucoup écoutés. Cette époque me laisse une impression de douceur, de facilité. Elle laisse un sourire sur mon visage.

J'ai vécu comme une bénédiction le fait d'être recruté par Auxerre, sous la houlette de Guy Roux. C'est quand même bizarre, cette alchimie qu'il y a eue entre nous. Sur le papier, tout nous séparait. Il était quand même âgé, posé et moi, j'étais un jeune chien fou excentrique. Finalement, c'est lui qui me comprenait le mieux. Quand il parlait, tu avais l'impression qu'il t'hypnotisait. Tu étais obligé de l'écouter. Pour se faire entendre, il faisait des digressions sur tout et n'importe quoi, en se servant des anecdotes les plus ordinaires. Il savait capter l'attention des gens. J'ai toujours aimé le discours des anciens. J'aime leur parler vrai, authentique et utile.

Je n'ai pas tout de suite eu affaire au coach mais aux entraîneurs et aux responsables du centre de formation. Guy Roux était toujours là aux matches, assis sur sa vieille chaise au bord du terrain. Un vrai passionné. Il avait l'œil pour déceler les forces et faiblesses de chacun. Il appelait régulièrement ma mère pour la tenir au courant de ma vie à Auxerre. C'est avec mon frère Abou qu'il s'entretenait de mes progrès à l'entraînement. J'avoue que même si j'étais bien entouré, ma famille me manquait beaucoup. Je squattais l'unique téléphone mis à la disposition des jeunes. Comme je n'avais pas d'argent, je bipais la maison pour qu'on me rappelle dans la foulée. Comme je ne mettais que quelques centimes, je n'avais que quelques secondes pour dire que c'était moi. Mon interlocuteur n'entendait souvent que la fin de ma phrase : « C'est Djibril. » Pendant des mois, Abou m'a appelé « Bril » pour se moquer de moi.

Dans mon contrat, il avait été négocié que ma mère puisse venir me voir les week-ends. Le club lui prenait un billet d'avion, une voiture de location et une chambre d'hôtel. J'étais tellement heureux de la voir arriver, le plus souvent avec Abou ! Mes camarades de jeu s'en réjouissaient également : ayant pitié de leur ennui, ma mère les emmenait avec nous pour des sorties en ville. Il n'y avait pas grand-chose à faire le week-end à Auxerre.

Guy Roux savait où appuyer pour me faire réagir. Avancer. Il y a eu beaucoup de prises de bec entre nous mais on ne s'est jamais fâchés. C'était un jeu de rôle, plus qu'un rapport de forces. Je n'ai jamais contesté sa position de patron. Il avait mon avenir entre ses mains et je lui savais gré de me donner l'opportunité de réaliser mon rêve : devenir un grand attaquant. Il a su me rentrer dedans quand il le fallait, sans jamais me blesser humainement. Bien sûr, j'ai été contrarié de l'avoir en permanence sur le dos mais au fond de moi, ses conseils faisaient leur effet. Je n'ai reçu que du bon de lui.

Ma première année en pro, je n'étais que le remplaçant de Stéphane Guivarc'h. Je voulais partir, impatient de jouer au ballon, de prendre possession du terrain. Mon frère Abou m'avait fait la morale face à mon impatience. Mon obsession à vouloir destituer Guivarch l'avait incité à me prévenir qu'un jour, je serais dans sa position. Je serais un « vieil attaquant » en fin de carrière et du haut de mes 34 ans, je verrais un petit jeune de 20 ans pousser pour prendre ma place. Il m'a fait comprendre que je serais bien content que le coach me laisse partir honorablement, pour finir ma carrière avec panache, sans être mis sur la touche avant l'heure. Il avait mille fois raison. Mon envie de jouer m'avait fait oublier l'essentiel : le respect des anciens et l'empathie.

En 1999, on a remporté la Coupe Gambardella contre Saint-Etienne. Un premier trophée national qui m'a donné envie de plus. Je pensais qu'après cette victoire, j'allais au moins intégrer la réserve. Mais avant d'arriver en équipe première, il y a au moins huit niveaux à franchir et avec Guy Roux, il n'existait pas de passe-droit. Je trouvais ça injuste et incompréhensible. J'estimais être prêt à en découdre chez les pros. Le coach était très ferme sur ce point : chaque chose en son temps ! Il avait établi des paliers à franchir, une hiérarchie à respecter et aucun de nous ne dérogeait à la règle.

« Petit frère a déserté les terrains de jeux
Il marche à peine et veut des bottes de sept lieues
Petit frère veut grandir trop vite
Mais il a oublié que rien ne sert de courir, petit frère »
(IAM, Petit frère)

Je ne savais pas me contenter : j'étais impatient. Probablement mon plus grand défaut. Il me fallait jouer tout le temps. Et mieux. Si j'avais marqué 10 buts la semaine précédente, il me fallait revenir sur le terrain le plus vite possible pour en marquer 11. Toujours dans la performance. La performance et la compétition.

Tout ce qui a toujours compté pour moi, c'est de jouer au football. C'est probablement la raison pour laquelle j'ai autant changé de club : je n'ai jamais cherché autre chose qu'être sur le terrain. Squatter le banc d'un club prestigieux n'a jamais été une option. Dès que je sentais que je n'étais pas dans les priorités du coach, je prenais mon envol, rejoignant un club où j'avais ma place parmi les titulaires. Comme je vous le disais en introduction, je n'étais pas footballeur mais joueur de foot. Je voulais jouer et bien sûr, marquer des buts. C'est devenu mon métier. J'ai eu le privilège d'exercer le plus beau métier du monde. Pour le plus grand bonheur de ma famille, oui, mais ma mère aurait été contente de me voir exercer n'importe quel métier. Du moment que j'étais heureux.

Bologne, en Serie A, me voulait. Comme j'étais mineur, ils harcelaient ma mère au téléphone pour l'inciter à signer le contrat mirobolant qu'ils m'avaient soumis. Elle n'en revenait pas. Je devais avoir 7 ans quand j'avais annoncé à table qu'un jour, je jouerais dans un grand club italien. Maman m'avait répondu : « Ne joue pas avec ton couteau, tais-toi et mange. » Dix ans plus tard, un club transalpin voulait me prendre dans ses rangs ! J'allais vraiment partir en Italie, comme je l'avais annoncé avec mes mots d'enfant ? Elle ne leur avait pas fait confiance. Et de toute façon, je ne voulais pas y aller.

Guy Roux m'avait dissuadé de quitter Auxerre, m'assurant que mon heure allait venir. Je voulais croire en lui comme il semblait croire en moi. Et comme lui, je ne me suis pas trompé. Deux semaines plus tard, Stéphane s'est blessé. Je suis entré et j'ai marqué deux buts. Ma carrière était lancée. Je pense que ma décision de rester, de l'écouter a vraiment été le point de départ de notre relation, une relation forte. Il a dû apprécier que je sois à l'écoute et que je lui fasse confiance.

Après notre élimination de la Coupe du monde des moins de 20 ans en Argentine, j'étais rentré chez moi, à Arles, pour des vacances bien méritées. J'avais trois semaines devant moi pour profiter de ma famille et du farniente. Alors que j'étais à une terrasse avec mon frère Abou, Guy Roux m'avait appelé pour me dire de rentrer à Auxerre. Cela faisait à peine une semaine que j'étais rentré d'Argentine, je n'étais pas très content d'être rappelé aussi vite. Mais le coach avait insisté : il était contrarié par un joueur qu'il venait de recruter et qui ne trouvait pas ses marques dans l'équipe. Il avait besoin de moi et mon retour s'imposait. Que vouliez-vous que je fasse ?

Il a longtemps raconté cette anecdote, disant que j'étais revenu au club de mon plein gré. C'est gentil de sa part de vouloir me donner le beau rôle mais ça ne s'est pas passé comme ça. J'étais plutôt mécontent d'abréger mes vacances aussi rapidement mais il a eu raison de me faire revenir. J'étais censé rater les cinq premiers matches du championnat. C'est vrai que ça me démangeait d'aller rejouer mais quand même… Je suis monté dans ma Golf dorée pour rouler vers une occasion en or de réaliser mon rêve. Une semaine avant la reprise, j'intégrais le groupe. J'avais de bonnes sensations. Je sentais que mon heure était arrivée. J'avais déjà goûté à la Première division mais juste le temps d'un remplacement de très courte durée. J'allais vraiment, enfin, faire mon entrée dans la cour des grands.

Même s'il lui est arrivé de dire le contraire, Guy Roux m'a appelé pour que je rentre plus tôt que prévu. Ce n'était pas dans ses habitudes de perturber un planning, surtout que les vacances avaient leur importance dans la préparation. Mon frère Abou croit se souvenir que ça me démangeait de retourner m'entraîner. C'est vrai que mon heure semblait sonner. En tout cas, Guy Roux avait bien senti que j'étais prêt. Il savait les choses avant même qu'on y pense soi-même. Quand il décidait quelque chose d'imprévu pour toi, ça t'apportait toujours du bon.

Dès le premier match, le 28 juillet 2001, j'ai marqué quatre buts contre Rennes. Un beau cadeau pour mon grand frère Abou, dont c'était le 32e anniversaire. Parfois, la vie a tellement plus d'imagination que nous ! Je devais être le numéro 1 à ce moment-là, Dieu en avait décidé ainsi. Dieu et Guy Roux !

Pour mon deuxième match, j'ai réussi une reprise de volée en ciseau d'anthologie face à Paris. Vous connaissez la suite, j'allais devenir un grand attaquant.

« Djibril était l'un des meilleurs joueurs du monde quand il était en pleine forme, dit-il aujourd'hui. On ne peut pas lui reprocher son manque d'habileté : devant un gardien, soit le ballon rentrait, soit il lui arrachait la tête. Quelle puissance ! Une grande intelligence de jeu. Il n'a pas travaillé à l'école mais il est loin d'être sot.

C'est un instinctif. On pourrait penser que son football l'était aussi mais Djibril savait ce qu'il faisait. Djibril ne doutait jamais sur un terrain de foot. Il maîtrisait bien son métier. Il aimait jouer au football pour son aspect ludique. Tout ce que veut un gamin quand il s'amuse, c'est être bon. Il a été bon pour nous. Il en a marqué, des buts ! » Avec Auxerre, j'ai fini deux fois meilleur buteur du championnat de France : 22 réalisations en 2001-2002, 26 en 2004-2005.

Mon point fort étant la reprise de volée, Guy Roux avait besoin de quelqu'un sachant distiller de bons ballons. Après le départ de Bernard Diomède, il rêvait d'un joueur à gauche qui enverrait de longs ballons vers moi. On lui avait signalé un bon ailier gauche à Bruges et il était parti le recruter. Il s'agissait de Khalilou Fadiga. Un gars très courtois, très gentil mais avec une grosse personnalité. Très malin aussi. Un sacré boute-en-train, toujours prêt à sortir. Comme moi. Fadiga n'était pas très rapide mais il savait envoyer des ballons dans ma course. Grâce à lui, j'ai marqué des buts d'anthologie.

Et que dire de Yann Lachuer ? Abou m'avait conseillé de bien m'entendre avec Yann si je voulais marquer des buts. Mon grand frère estimait que ça ne se ferait pas sans ce grand meneur de jeu. Il m'avait dit : « Embrasse-le tous les jours dans les vestiaires ! » Sans aller aussi loin, je l'ai remercié à ma façon sur le terrain. On avait une équipe formidable, un vrai groupe soudé. Dans la vie comme sur le terrain. On avait tous du talent, beaucoup de talent. Personne ne nous attendait mais on était au rendez-vous. Je jouais avec mes potes. Ma famille. C'était une époque formidable.

Tout était pensé autour de mon jeu. Alors que tout le monde devait savoir battre en retraite, j'étais dispensé des tâches défensives. Sauf sur les coups de pied arrêtés, car j'étais très bon de la tête en défense. Et pas seulement en défense, quoi qu'ait pu dire Guy Roux. Je n'avais pas peur des bagarres aériennes pour protéger nos cages. Le coach avait expliqué aux autres qu'il fallait que j'évite de remonter tout le terrain pour garder mon efficacité. Pour me permettre d'évoluer dans les meilleures conditions, l'équipe jouait bas. Et moi, j'excellais sur les contre-attaques. Ce n'était pas un traitement de faveur pour me faire plaisir mais une logique simple, la conséquence tactique de mes points faibles. Un entraîneur doit dissimuler les défauts de son joueur et beaucoup utiliser ses qualités. J'étais très rapide, avec une explosivité qui ne pouvait s'exprimer que ponctuellement. Guy Roux évoquait souvent ma puissance de cuisse hors du commun mais il parlait aussi de mon manque d'endurance.

À l'entraînement, on travaillait beaucoup la course en forêt sur des circuits étalonnés. Tout le monde savait que je serais le dernier arrivé et personne ne me blâmait pour ça. Philippe Mexès était dans ce peloton de retardataires. Sur le terrain, on me laissait donc en pointe, avec pour seule mission de marquer des buts. Sur une courte distance, j'étais imbattable.

Dès mon arrivée à Auxerre, à 15 ans, je partais du milieu de terrain et fonçait droit au but. On me voyait comme un phénomène très en avance sur mon âge physiquement. Guy Roux avait demandé à un entraîneur d'athlétisme d'estimer ma vitesse sur 100 m : dans les 10 secondes avec un bon départ. Il ne pouvait s'agir que d'une estimation car on ne pouvait pas me faire courir un 100 m. C'est dangereux pour un footballeur, je risquais un claquage.

Du fait de ma grande vitesse, j'étais moins technicien. On me faisait travailler la technique de balle. Mais il faut savoir qu'à la vitesse où j'allais, les rapports avec le ballon sont beaucoup plus difficiles. Dans ma technique, il fallait tenir compte de ma vitesse. Dans ma tête aussi, ça allait très vite. C'est ça, un avant-centre : il ne doit pas trop cogiter pour marquer.

Le coach me reprochait souvent la piètre qualité de mon pied gauche. Sans me le faire travailler de façon spécifique pour autant. Le calendrier était tel qu'on n'avait pas le temps. Avec des matches tous les trois jours, c'était récupération, soins et compétition. C'est dommage parce que j'aurais pu être meilleur, c'est vrai.

C'est également un regret pour Raymond Domenech qui aurait aimé m'entraîner en club. Il ne m'a jamais eu qu'en sélection nationale. On n'avait pas le temps de travailler ma technique personnelle. Ce qu'il m'a apporté dans le jeu ? Il a essayé de me faire comprendre qu'avec ma vitesse, je n'avais pas à partir « huit jours » avant pour me retrouver hors-jeu cinquante fois par match. Il me faisait travailler ma manière de courir pour avoir une course plus en arrondi, comme le Brésilien Ronaldo. Moi, je courais droit devant, comme un sprinteur.

Raymond aurait tellement voulu me faire progresser sur la qualité de ma course ! Il estimait que sur le reste, il n'avait rien à m'apprendre. Je savais me placer, frapper. « Aucun coach n'a fait progresser Djib en vitesse, dit-il, c'était inné chez lui. Comme sa frappe. Il aurait fallu lui faire travailler son pied gauche, ça, oui ! C'était un attaquant dans l'âme avec des qualités certaines. Il aurait fallu que quelqu'un le contrarie un peu dans sa formation. Il aurait été capable de tellement plus ! Si je l'avais eu en club, les choses auraient été différentes. Je lui aurais fait travailler cet aspect tous les jours. Sa course et son pied gauche. C'est le travail des entraîneurs de ne pas laisser un joueur se contenter d'être bon. Il faut l'amener à être le meilleur possible. Mais dans les centres de formation, les entraîneurs ont tendance à trop dorloter les jeunes joueurs qui manifestent un talent certain. Djibril aurait pu être un grand footballeur si ses entraîneurs ne s'étaient pas contentés qu'il soit bon. »

Sa critique à l'égard de Guy Roux est à peine voilée. C'est fou que ces deux hommes qui comptent autant pour moi ne s'aiment pas. La seule fois où ils ont pu être d'accord, c'est qu'en jouant avec un seul pied, j'étais à 50% de mes capacités. C'est mathématique. Cela dit, il suffisait qu'on mette mes lacunes en avant pour que ça me donne envie de réagir. Quand Guy Roux avait déclaré en interview que j'avais « le meilleur pied droit du monde, un jeu de tête de DH et un pied gauche de PH », j'avais répondu en marquant deux buts de la tête au match suivant. « Alors, coach, il est comment, mon jeu de tête ? »

Durant toute ma carrière, j'ai cherché à faire taire les mauvaises langues sur le terrain. Je répondais aux critiques comme à une provocation. Les critiques et les sifflets étaient mon adrénaline. Les analyses bancales de mes détracteurs me rendaient plus fort. Je n'ai jamais été aussi bon que dans l'adversité et le challenge. J'étais sûr de mes qualités et j'avais un mental de fer. La seule chose contre laquelle je ne pouvais rien, c'était la blessure. Il fallait juste être patient et bien se soigner. Pour mes premières entorses en 2001, je n'avais pas encore appris la patience. J'avais voulu reprendre trop vite et ça s'était aggravé. Du coup, j'étais resté éloigné des terrains plus longtemps que prévu. Je ne m'étais pas démonté pour autant. Ça n'a jamais été dans ma nature de me « cailler le sang ». Les épreuves te rendent plus fort si tu ne les considères pas comme une injustice.

Pourtant, tout le monde vous le dira. Je ne supporte pas l'injustice. Guy Roux essayait de nous éduquer à la supporter, notamment pour ce qui touchait aux erreurs d'arbitrage. Je ne suis pas certain d'avoir été un bon élève dans cette matière. Ça fait partie du football, professionnel et amateur. Même si l'arbitre est droit et compétent, il peut se tromper. C'est néanmoins une erreur pour laquelle j'ai peu de tolérance. Ce que ça pouvait me faire râler ! Mes colères sur le terrain sont assez connues pour que je ne revienne pas dessus mais on connaît forcément moins mes coups de gueule dans le vestiaire.

Dès que le coach s'en prenait à moi, je me révoltais. C'est un peu le cas de tous les joueurs mais avec moi, ça sentait bon le Sud ! Guy Roux raconte avec amusement et sans rancune que je suis le seul joueur à lui avoir parlé sur ce ton. Mon frère Abou s'en souvient aussi. Il avait été choqué par mon insolence face aux critiques de mon entraîneur. Je lui avais expliqué qu'il n'y avait là aucun manque de respect pour quelqu'un qui était comme un père pour moi. C'était comme ça. Je m'emportais, haut et fort, et Guy Roux me disait régulièrement de laisser ma mère tranquille. En bon gars du Midi, ma mère venait en effet fleurir mes jurons et autres emportements.

Je suis un sanguin, j'ai le cœur et le sang chauds. Je m'emporte assez vite mais mes colères sont très brèves et vite oubliées. Nous en avons eu, des prises de bec. Ça criait beaucoup et ça faisait du bruit, oui ! Mais ça s'arrangeait assez vite, surtout de mon côté. Je déteste le conflit et les embrouilles. Je ne me dispute quasiment jamais avec les gens. Surtout avec ceux qui comptent pour moi. Ça me fait mal au cœur. Avec Guy Roux, on décidait rapidement de faire la paix. Comme disent les enfants mais en se serrant la main, comme des hommes. C'est arrivé des dizaines de fois. « On fait la paix ? »

Je savais bien quand j'avais déconné et je savais reconnaître quand j'avais tort. Surtout qu'avec le coach, le dialogue était toujours possible. Il n'aimait pas qu'on réagisse à chaud dans le vestiaire. Si on avait quelque chose à dire, il suffisait de demander à le voir en privé et il nous recevait dans le quart d'heure. On avait des rapports simples et sains. J'aimais me faire entendre mais au bout du compte, j'étais plus à son écoute. Je comprends que mes protestations imagées aient pu choquer mon frère, qui faisait partie de l'ancienne génération. À Auxerre, on était jeunes. C'était une nouvelle génération à laquelle le coach avait su s'adapter, quoi qu'on en dise. De l'extérieur, il avait cette image de père Fouettard mais c'était plus un papa poule.

Quand il nous laissait au repos, il surveillait nos déplacements avec le kilométrage de nos voitures ! Il était incroyable ! En parlant de voitures, il ne supportait pas de nous voir acheter des bolides hors de prix. Il nous disait toujours que trois voitures de course équivalaient à une maison. L'immobilier nous faisait moins rêver, c'est sûr. Après avoir acheté une maison pour ma mère et une autre pour moi, je pouvais librement rêver à de belles carrosseries. N'allez pas voir ici de mauvais jeux de mots : jamais je ne comparerais une jolie femme à une voiture !

On décrit souvent les footballeurs comme des enfants gâtés à cause des bolides qu'ils conduisent et des folies qu'ils se permettent. On oublie quand même de parler des impôts qu'ils paient ! Je crois que je suis devenu adulte le jour où j'ai reçu mon premier bulletin de salaire. J'avais appelé ma mère, complètement hystérique, pour lui dire qu'on avait enlevé beaucoup trop d'argent sur ma paie. Pourquoi m'avait-on pris autant de cotisations pour la vieillesse alors que je n'avais que 17 ans ? Je ne comprenais pas cette différence énorme entre le brut et le net. Et je n'avais pas encore payé les vraies taxes ! En fait, je suis vraiment devenu adulte le jour où j'ai payé mes impôts. Bien sûr, ils étaient proportionnels à mon salaire mais c'est violent de voir partir une telle somme alors qu'on vient tout juste de la gagner. J'ai toujours été profondément honnête. Ma mère m'a appris que si tout travail mérite salaire, tout salaire mérite travail. J'ai fait en sorte de mériter chaque centime que j'ai reçu. Il n'y a aucune honte à gagner beaucoup d'argent. Guy Roux a juste voulu nous apprendre qu'il ne fallait pas le gâcher. Je ne suis pas certain d'avoir toujours bien suivi ses conseils… Vous conviendrez que ça me regarde.

Quand tu es un jeune joueur, tu n'as pas conscience des impôts à payer, de la retraite à préparer, des coups durs à encaisser. Il faut avoir les bonnes personnes autour de toi.

Moi, j'ai eu conscience de tout ça très tôt grâce à mon frère Abou, qui a été joueur pro. Et puis j'ai eu Patrice Lesage et Richard Bettoni. Après, j'ai rencontré Caroline Duret qui a géré le tout de façon claire et bien ficelée. Si Guy Roux a été un papa, Caroline Duret a été une deuxième maman. Je l'appelle d'ailleurs « Maman ». On s'était rapidement liés d'amitié à mon arrivée en équipe de France. Elle a géré mes affaires sur la fin mais elle a été présente durant toute ma carrière. Je l'appelais pour tout et n'importe quoi. Elle sait absolument tout de moi. Elle était et elle est toujours ma confidente. Comme Philippe Piola, mon ami et conseiller depuis notre rencontre à Sunderland en 2008.

Ma carrière a été avant tout une aventure humaine, avec des moments de partage. J'ai toujours eu besoin de cette complicité dans les rapports, même professionnels. C'est précieux, le temps. Bien plus que l'argent. Si je devais partager des moments de ma vie avec ces personnes, il était indispensable de partager avec elles autre chose que des enjeux économiques, en se parlant deux fois par an. Je n'ai pas toujours été bien entouré mais je veux seulement garder le souvenir des personnes qui m'ont fait du bien. Revenir sur celles qui m'ont causé du tort n'a pas grand intérêt. Moi, je n'ai jamais fait de mal à personne, du moins volontairement. Comme n'importe qui, bien sûr, j'ai fait des erreurs. J'en ferai encore.

J'ai fait couler beaucoup d'encre avec mes looks et autres tatouages. Et pourtant, je n'ai jamais cherché à choquer ou à me faire remarquer, très sincèrement. C'est juste que j'aime ça : tenter des choses ! Je ne dis pas que j'ai toujours été bien inspiré mais je n'ai fait de mal à personne. J'ai juste fait un faux papier à 17 ans en signant moi-même l'autorisation parentale pour être tatoué. Ce n'était pas très responsable, surtout que j'avais choisi de me faire faire une petite rose qui ne ressemblait à rien et qui n'avait aucune signification particulière. L'année suivante, je n'avais plus besoin de tricher pour la faire recouvrir par un motif tribal. Après, je suis tombé accro. Après avoir choisi une grosse pièce, tu as envie de lui associer quelque chose qui suggère encore autre chose et ça ne s'arrête plus. Jusqu'à ce qu'il n'y ait plus de place. Tous les motifs que j'ai choisis ont plus ou moins un sens. Mes ailes d'ange font référence à l'ange Gabriel (Djibril en arabe) et illustrent ma foi. Ma foi en moi mais surtout ma foi en Dieu. Il m'a donné la force de me battre tous les jours pour être quelqu'un de bien.

Pour d'autres tatouages, c'était juste un choix esthétique. Comme l'insigne de Batman. Je ne suis pas particulièrement fan du personnage mais j'aime bien son logo. Comme j'aime bien le Smiley. Ce sont des délires que j'assume. J'ai ancré en moi le prénom de mes enfants. Une façon pour moi de leur montrer à quel point ils sont importants, même si je ne suis pas là quotidiennement pour le leur dire. Ils sont mes plus belles réalisations.

Je n'ai jamais eu de souci avec mon apparence. Bien que je sois très timide, je suis à l'aise avec mon corps et ma nudité. Quand on m'a sollicité la première fois pour le calendrier *Les Dieux du stade*, j'y ai quand même réfléchi à deux fois. J'étais très flatté, parce que j'étais le premier footballeur à être contacté après les rugbymen, et en même temps inquiet. Sans vouloir blesser personne, je craignais qu'on puisse me croire homosexuel. C'est déjà difficile d'assumer qu'on est gay dans un milieu aussi macho que le football, alors imaginez quand on ne l'est pas ! Et puis j'ai pris le parti de m'en moquer car l'important n'était pas là. J'ai toujours su qui j'étais et les gens pouvaient dire ce qu'ils voulaient. Ce n'était pas bien grave. Il s'agissait de faire des belles images pour la bonne cause : une partie des bénéfices des ventes était reversée à l'association camerounaise Les Enfants de Biemassy. J'en avais quand même parlé avec ma mère avant, pour m'assurer qu'elle partageait mon point de vue. Elle ne s'était pas opposée à ma décision.

J'ai toujours beaucoup aimé les shootings photo. Avec adidas, j'ai fait des campagnes fantastiques. Je retrouvais toujours le gratin du football pour des tournages sur lesquels on s'amusait beaucoup. J'ai rencontré des super gars comme Alessandro Del Piero. J'adore ce mec. J'ai toujours grand plaisir à l'avoir au téléphone. C'est un vrai gentil et sa carrière est à son image : propre. Classe.

Guy Roux appréciait beaucoup moins mes escapades publicitaires : il n'aimait pas que je me disperse. Je n'avais pas l'impression que ça pouvait nuire à mon football. Ça faisait aussi partie du job.

J'ai souvent raconté l'histoire de ma fugue à Paris alors que j'étais censé rester au repos à la maison. Elle est trop belle ! Je ne sais plus à quelle occasion j'étais attendu par mon équipementier dans la capitale. Guy Roux ne voulait pas que j'y aille et je lui avais assuré que je resterais à la maison pour me reposer. Évidemment, j'avais filé discrètement, en me croyant plus malin. À peine avais-je posé le pied dans la boutique adidas que mon téléphone sonnait. J'aurais voulu ne pas lui répondre car je ne savais pas mentir. « Tu es où ? » J'avais buggé dès mes premiers mots. Guy Roux savait exactement où j'étais. « Comment le savez-vous ? »

C'était à croire qu'il avait des pouvoirs magiques ! Ça me faisait un peu peur. Il avait tout simplement été averti par le personnel du péage et l'un de ses amis lui avait ensuite confirmé mon arrivée sur les Champs-Élysées. On était tous sous surveillance. De son propre aveu, il avait des méthodes policières. Avec le recul, on était protégés mais à l'époque, on se sentait prisonniers. Je ne comprenais pas qu'il veuille autant me protéger. Même s'il s'en défend un peu, je sais que j'étais son chouchou. Disons, pour ne froisser personne, que parmi les six cents joueurs qu'il a eus pendant sa longue carrière, il m'a préféré à beaucoup. Sans aucun favoritisme, dit-il. Il aimait ma droiture morale, le fruit d'une très bonne éducation selon lui. Il en avait vu passer, des tricheurs et des tordus. Moi, j'étais juste un peu fêtard.

« Je ne fais rien de mal, coach, je vous jure ! » C'était ma phrase quand je me faisais choper à être sorti. Et c'est vrai que je ne faisais rien de mal. Je n'ai jamais fumé ni bu d'alcool. J'aimais faire la fête. Ma nouvelle notoriété m'ouvrait les portes de toutes les discothèques de France. Ça aurait été un péché de s'en priver ! Je reconnais quand même que je craignais Guy Roux. Je le respectais beaucoup et je ne voulais pas le décevoir. Son autorité sur moi m'a sans doute permis de ne pas partir en sucette. Je savais que je n'étais pas à l'abri de sanctions. Il m'a toujours poussé dans mes derniers retranchements pour obtenir de moi le maximum. Il me pardonnait mes escapades régulières dans la capitale car il me savait sage. Rien, dans mon style de vie, ne lui semblait inacceptable. Je respectais son autorité et je n'entravais pas la vie du groupe. Il n'était pas opposé aux à-côtés du football mais il ne voulait pas que ça me prenne trop de temps.

En 2003, j'ai été approché par Benjamin Morgaine, acolyte de Michaël Youn sur le Morning Live. Cette « bande de connards » me faisait rire, je les trouvais sympas. Leur commandement numéro 1 était « Tu resteras à 9,15 mètres ». L'idée était de se mettre en position de mur dans le plus simple appareil (une coquille était effectivement le minimum recommandé) et de se faire tirer dessus des coups francs ratés par moi. Après s'être moqué de ma « pauvre » frappe de fillette (« Même ma petite sœur, elle tire plus fort que toi ! »), ils devaient affronter ma vindicte. Ça m'avait amusé, même si je craignais de les blesser. J'en savais quelque chose. J'en avais pris, des ballons dans cette position ! Ça fait mal et je peux vous dire qu'on s'en rappelle... Des malades, ces gars-là !

Comme je n'osais pas vraiment frapper de toutes mes forces, ils avaient enfreint le commandement et n'étaient pas restés à 9,15 mètres : ils s'étaient avancés plus près ! Je m'étais finalement pris au jeu et là, ils étaient restés à bonne distance. Après quelques frappes bien retentissantes, j'ai dû arrêter tellement je riais. Je m'étais vraiment éclaté avec eux mais je pense toujours que ce sont des tarés. On est restés potes après ça. On a même sorti une compilation avec Willi (William Geslin) en 2006 : *Music And Me. The DJ Inside Me.* Pour ceux qui ne parlent pas anglais, ça veut dire « La musique et moi. Le DJ qui est en moi. »

C'est vrai que j'ai toujours eu ça en moi. La musique a eu très vite une place importante dans ma vie. Je devais avoir 14 ans quand Abou m'a emmené avec lui en discothèque. Personne ne m'avait vu sur la piste de danse car j'étais resté scotché à regarder le DJ. Didier Sabatier était un ami de mon frère. C'est lui qui m'a donné le goût du mix. J'avais tellement aimé le voir jongler avec les disques que j'ai décidé de m'y mettre. Après m'être acheté des platines, je me suis exercé à la maison. Je ne me suis jamais arrêté depuis. Il faut savoir que c'est un vrai métier. Je l'ai toujours envisagé avec sérieux, même si je ne pensais pas le faire en discothèque. C'était une passion. D'autres vont jouer à la PlayStation. Moi, je n'ai jamais aimé les jeux vidéo, je n'ai jamais été séduit par la virtualité d'une course-poursuite ou d'un match de foot. J'aimais piloter mes voitures et fouler les pelouses pour de vrai. Ma récréation à moi, c'étaient mes platines de mixage.

Pour ne pas prendre la grosse tête, je comptais aussi sur le regard bienveillant de Jean-Louis Legrand. Il s'occupait de « mon dossier » chez adidas. Ancien champion de handball, il connaissait le vertige du haut niveau. On se comprenait bien, lui et moi. Il était et reste très important pour moi. Quand il était venu me « draguer » pour que je porte officiellement la marque à trois bandes, je n'avais pas 18 ans. Je ne m'étais pas beaucoup fait prier car je portais déjà leurs vêtements. Ça allait juste devenir mon sponsor. Un rêve pour le fou de mode que j'étais et un bonheur pour l'athlète, car je rejoignais une « Dream Team » de champions. Adidas avait des arguments pour me séduire. Jean-Louis était entré dans mon cœur avec sa gentillesse et son honnêteté. J'avais aimé son franc-parler. Il m'a toujours soutenu dans les moments difficiles. C'est à ça qu'on reconnaît ses amis. Ils vous restent fidèles dans les mauvaises périodes. J'ai toujours cherché à être à la hauteur de la confiance et de l'affection qu'il m'a témoignées.

Guy Roux m'a rendu lui aussi de très beaux hommages. Il n'a jamais laissé quelqu'un dire du mal de moi. Comme un père qui protège son fils. J'ai eu la chance de jouer dans une équipe jeune. J'avais grandi avec elle. Il était temps pour moi de quitter le nid. On dit : « Petit à petit, l'homme finit par devenir moins petit… » Comprenne qui pourra !

Chapitre 5

Liverpool

On peut toujours apprendre dans son club d'origine mais un jour, il faut partir. Le plus dur, c'est de savoir quand. Pour le bien de tout le monde, sans trahir personne.

En 2003, sollicité par Liverpool, j'avais envie d'aller en découdre en Premier League. Déjà, j'avais la bougeotte. Encore une fois, Guy Roux m'a convaincu d'être patient. De ne pas aller trop vite et de rester encore une année à Auxerre. Il n'aurait pas été bon pour moi de rejoindre une équipe où il y avait de grands attaquants. Je risquais de me retrouver sur le banc de touche. Je n'allais pas partir pour être le remplaçant de Peter Crouch !

Je me prenais pour le meilleur, en me croyant capable de gagner tout de suite ma place. J'étais jeune, je me sentais fort. À 20 ans, on pense qu'il suffit de vouloir pour pouvoir. Gérard Houllier m'avait fait miroiter un gazon taillé sur mesure pour ma foulée : le championnat anglais s'annonçait comme une invitation à marquer des buts. Beaucoup de buts ! C'était l'époque où je marchais sur l'eau mais le coach m'a empêché d'aller boire la tasse en Angleterre. Pour lui, je n'étais pas prêt. Il a refusé de me laisser partir. Je devais encore progresser pour être un titulaire indiscutable. Oui, le football « box to box » à l'anglaise était tout désigné pour moi mais ce n'était pas encore le moment. Mon agent était d'accord avec cette analyse. On a décidé que j'irais en Angleterre l'année suivante. Comme on a bien fait ! Ç'a été ma meilleure saison en France !

Toutes mes joies, je les ai vécues avec Guy Roux. Il était content et fier de toutes mes victoires. Je les ai toujours partagées avec lui. Comme ma sélection pour la Coupe du monde. Comme un père, il a été parmi les premiers avertis des grandes nouvelles me concernant. Je sais qu'il ne laisse personne dire du mal de moi. Je ne pense pas qu'il soit très objectif à mon sujet. C'en est presque gênant. Combien de fois l'ai-je entendu reprocher à mes coaches successifs de ne pas avoir su me gérer ! J'avais simplement été nul mais pour lui, c'était la faute des entraîneurs.

Guy Roux a été mon témoin de mariage. Je ne voyais personne d'autre que lui pour seconder mon frère Abou. Je l'ai choisi sans aucune hésitation. C'était pour moi une évidence. Lui-même n'a pas été étonné comme il l'a écrit dans son autobiographie (*Il n'y a pas que le foot dans la vie,* aux éditions L'Archipel) : « Au fond, je n'avais pas été si surpris que Djibril me choisisse pour être son témoin de mariage. Il m'avait eu constamment à ses côtés pendant la fin de son enfance, durant son adolescence et au début de ses heures de gloire. Notre relation, d'une très grande proximité, suivit son cours pendant huit longues années et le plus extraordinaire, c'est qu'aucun incident sérieux ne vint jamais la troubler. Je crois pouvoir affirmer qu'ensemble, on n'a rien raté. Absolument rien. »

Même mon transfert a été une réussite. Après 90 buts en 160 matches toutes compétitions confondues, j'ai quitté le stade de l'Abbé-Deschamps les larmes aux yeux. Pour être tout à fait honnête, j'ai pleuré comme un gosse. Mon départ avait été négocié depuis un an mais j'avais quand même le cœur gros. Cette soirée du 15 mai 2004 restera à jamais gravée dans ma mémoire. Pour mon dernier match, j'ai reçu plus que je n'ai offert un beau cadeau d'adieu : un but incroyable ! Je n'avais jamais mis un tel but. Il me donne encore des frissons quand je le revois aujourd'hui.

L'Angleterre m'attirait depuis toujours. C'est là-bas que battait le cœur du football européen à l'époque. C'est là-bas que ça vibrait le plus et moi, je voulais vibrer aussi. J'avais envie de connaître ces ambiances, la chaleur des stades. Autant vous dire que je n'ai pas été déçu ! Quand j'ai découvert Anfield et le célèbre hymne *You'll never walk alone*, j'ai été subjugué. On ne peut pas entrer sur le terrain tant qu'ils n'ont pas fini de chanter.

C'est quelque chose, croyez-moi, d'entendre ce chant de supporters dans le couloir ! À l'origine, c'est une chanson d'une comédie musicale de 1945 mais elle est devenue un classique, au même titre que *We are the champions* de Queen.

«When you walk through a storm
Hold your head up high
And don't be afraid of the dark
At the end of a storm
There is a golden sky
And the sweet silver song of a lark

Walk on through the wind
Walk on through the rain
Though your dreams be tossed and blown

Walk on walk on with hope in your heart
And you'll never walk alone
You'll never walk alone
Walk on walk on with hope in your heart
And you'll never walk alone
You'll never walk alone»

Pour ceux qui ne parlent pas anglais, en voici la traduction :

« Quand tu marches sous une tempête
Garde la tête haute
Et n'aie pas peur de l'obscurité
À la fin de l'orage, il y a un ciel doré

Et le doux chant argenté d'une alouette
Marche contre le vent
Marche contre la pluie
Bien que tes rêves soient maltraités et soufflés
Continue de marcher, avec l'espoir dans ton cœur
Et tu ne marcheras jamais seul
Tu ne marcheras plus jamais seul
Marche, marche avec l'espoir dans ton cœur
Et tu ne marcheras jamais seul
Tu ne marcheras plus jamais seul »

C'est magnifique sur le papier mais c'est encore plus grand en live. Ça me prenait aux tripes à chaque fois que je l'entendais. On ne s'habitue pas à un tel moment d'émotion. Oui, le football anglais m'a bien fait vibrer avant même que je ne rentre sur un terrain.

Je me souviens d'un match à domicile durant lequel on perdait 0-3 contre Manchester. À cinq minutes de la fin, le stade avait résonné du chant de nos supporters, qui ne nous laissaient pas tomber. Cet hymne, You'll never walk alone, ce ne sont pas que des mots. C'est dingue de se sentir autant soutenu dans la défaite ! Je ne crois pas qu'on entendrait les supporters de l'OM chanter pour leur équipe si elle perdait 3-0 à domicile. C'est assez unique de jouer à Liverpool.

J'ai adoré l'Angleterre. C'est un pays qui me ressemble, avec des gens un peu fous, comme moi. J'étais libre de m'habiller comme je le voulais. Si je décidais de mettre une jupe ou de me faire une crête rouge, personne n'en faisait une affaire d'État. Il y avait tellement de gens connus là-bas que moi, je passais presque inaperçu. C'était agréable de retrouver un peu d'anonymat, même si j'avais toujours apprécié le soutien que je recevais en France.

Les Anglais sont dingues de football. Quand on est pro, c'est fantastique d'évoluer dans de telles ambiances. Les fans m'adoraient et me respectaient juste parce que je portais leur maillot. Je n'avais pas encore montré ce dont j'étais capable, même si j'avais marqué un but dès mon premier match en Premier League, contre Tottenham.

Mes débuts étaient plutôt encourageants. C'est vrai que j'avais moins de pression qu'à Auxerre car tout ne reposait plus sur mes épaules. Mais il me fallait un temps d'adaptation. Il est difficile de s'adapter à un nouvel environnement, surtout à l'étranger. J'avais pris des cours d'anglais tout de suite pour être le plus à l'aise possible. Ça me semblait être de toute façon un minimum, pour m'intégrer dans ma nouvelle équipe comme dans ma nouvelle vie.

Quand j'avais évoqué mon transfert avec les copains Sylvain Wiltord, Thierry Henry ou encore Patrick Vieira, ils m'avaient raconté un football qui avait un goût de paradis pour moi. Un football fait d'espaces avec un jeu direct. Véloce. Dans l'ensemble, il n'y avait pas de gros bouleversements. Mon boulot allait rester le même mais pas pour le même patron.

J'avais senti que Gérard Houllier me voulait vraiment dans son équipe et c'est aussi ce qui m'avait incité à signer à Liverpool. Zinédine Zidane me faisait miroiter la possibilité de signer au Real Madrid mais j'avais tenu ma parole donnée deux ans plus tôt. Le problème, c'est que le coach qui m'avait convaincu n'était plus là. Deux semaines avant mon arrivée, le 1er juillet 2004, Gérard Houllier a quitté le club. Je devais convaincre le nouvel entraîneur des Reds, l'Espagnol Rafael Benitez. Je ne m'y attendais pas du tout et ça m'avait quand même déstabilisé. Ce grand monsieur du football avait su trouver les mots justes pour me mettre en confiance et me lancer dans le grand bain. Néanmoins, mes débuts avaient été compliqués : j'avais inscrit trois buts en quinze matches.

Le 30 octobre 2004, j'allais découvrir ce que c'était d'avoir mal. À la 38e minute du match contre Blackburn, le défenseur Jay McEveley m'a brisé la jambe d'une simple pichenette. Double fracture tibia-péroné ! J'aurais voulu m'évanouir pour ne pas ressentir cette douleur mais j'étais bien conscient. Un cauchemar ! Ça aurait pu être bien pire sans le grand professionnalisme de notre docteur, Mark Waller.

Quand il avait touché mes orteils pour le diagnostic, je ne les sentais plus. Il avait compris que mon os coupait la circulation sanguine. Mon pied n'était plus irrigué. S'il n'intervenait pas tout de suite, j'allais perdre ma jambe. Mark m'avait prévenu qu'il allait réduire la fracture sur le champ. On ne pouvait pas prendre le risque d'attendre une anesthésie à l'hôpital. Je ne me souviens pas d'avoir eu le temps de donner mon accord. J'ai cru mourir quand il s'est exécuté. C'est moi qu'il avait exécuté.

Le doc m'avait dit : « Ta saison est terminée, désolé. » Je ne sais pas si c'est la douleur ou la morphine qui m'a fait divaguer mais je lui ai répondu qu'il se trompait. J'allais partir en vacances à Ibiza et je reviendrais ensuite pour jouer. Pourquoi ai-je dit cela ? Je n'en ai aucune idée !

J'ai été surpris par tous les messages d'affection que j'ai reçus. Ça avait commencé à l'hôpital de Manchester, quelques heures seulement après ma blessure. J'étais dans le couloir de l'hôpital sur un brancard. Une petite fille est venue me demander comment j'allais et m'a témoigné une grande tendresse. Puis, avec toute la candeur de sa jeunesse, elle m'a demandé si je pouvais lui offrir et lui dédicacer la chaussure restée à mon pied valide. Je lui ai offert cette chaussure de bon cœur. Et là, les gens ont osé venir me demander un autographe, mes chaussettes, mon maillot… J'étais arrivé à l'hôpital en tenue de match et je suis reparti quasiment à poil. Ça a beaucoup plu aux médias quand ils l'ont appris. J'avais presque perdu une jambe mais j'avais gagné le cœur des Anglais !

J'avais été opéré tout de suite, vu la gravité de la fracture. J'avais confiance en ce chirurgien qui avait opéré David Beckham et Steven Gerrard. Je n'avais pas vraiment conscience de la gravité de mon cas, tant les antalgiques m'avaient shooté. Je n'ai jamais eu peur que ce soit grave au point de menacer ma carrière. Je savais au fond de moi que j'allais rejouer au foot. Et j'avais décidé que j'allais rejouer avant la fin de la saison. Je l'avais annoncé et j'allais le faire.

Youri Djorkaeff était à mes côtés : il jouait à Blackburn à l'époque. Je ne savais pas qu'il était resté tout le temps avec moi. J'étais trop sonné pour m'en rendre compte. Il avait fait savoir à son coach qu'il ne rentrerait pas pour la deuxième mi-temps parce qu'il souhaitait rester à mon chevet. C'est quand même magnifique, un tel geste, parce qu'on ne se connaissait que très peu. Je ne pense pas me tromper en disant que nous n'avons jamais joué ensemble sur le terrain. Je ne connais pas beaucoup de joueurs qui auraient fait ce qu'il a fait pour moi. Surtout un joueur de sa classe !

Quand je l'avais vu à mon réveil, ça m'avait touché. Ça me touche encore aujourd'hui ! C'était beau, comme geste. Ça m'avait fait beaucoup de bien de me sentir soutenu. Je n'oublierai jamais son choix de me soutenir dans un moment qui s'annonçait difficile, voire catastrophique pour ma carrière. J'aimerais dire à tout le monde à quel point ce mec est chouette. Durant sa carrière, on a dit de lui qu'il était individualiste, égoïste mais tous ses détracteurs se trompaient. Il fallait beaucoup d'humanité et de générosité pour comprendre que j'allais avoir besoin d'un ami à mon réveil, avec une jambe cassée en deux. Il n'y a pas de mot pour exprimer tout le bien que je pense de ce grand joueur. Si ce n'est « Merci ». Merci, Youri.

Dès le lendemain, les images passaient en boucle à la télé et elles étaient dans tous les journaux. Tout le monde souffrait pour moi. Avec moi pour les plus proches ! Mon téléphone sonnait en permanence : ça allait de « Zizou » à « JPP », Jean-Pierre Papin, en passant par Éric Cantona, Didier Drogba, Jean-Alain Boumsong, Olivier Kapo, Éric Abidal, Robert Pirès.... Je ne peux pas tous les citer. J'ai été particulièrement touché par la visite de

Khalilou Fadiga. Il m'a donné beaucoup de courage. Par rapport à sa blessure, la mienne, c'était du bidon. « Khali » avait eu de gros problèmes au cœur. Les problèmes de moteur sont toujours plus graves que les problèmes de carrosserie. Il s'était battu comme un lion pour revenir. Pour moi, il était l'exemple à suivre. Je refusais de me plaindre pour une fracture, même double. J'allais me battre comme mon ami. Comme un lion.

Le contact avec McEveley n'avait rien d'un attentat. Tous les week-ends, on peut en voir des dizaines du même genre. Surtout en Angleterre ! Le défenseur m'a envoyé une lettre d'excuses mais pour moi, c'était juste un incident de jeu. Un accident. Ça faisait partie des risques du métier.

Je suis allé en rééducation après un mois et demi à Liverpool dans le plâtre. Ça m'avait vraiment contrarié que ça survienne si vite, alors que je venais d'arriver en Premier League et que j'avais tant attendu ça. J'avais encore tout à faire et je me retrouvais blessé. J'ai reçu une tonne de lettres d'encouragement et de soutien.

Ça m'a conforté dans l'idée qu'il me fallait revenir vite. Avais-je le pressentiment qu'on allait faire quelque chose en Ligue des champions ? Honnêtement, je ne sais pas, mais je me suis donné les moyens d'aller la disputer avec mes coéquipiers. Quand je suis arrivé à Saint-Raphaël, j'étais en terrain connu. Au CERS (Centre européen de rééducation sportive), le Dr Olivier Fichez s'occupait de moi depuis mes débuts à Auxerre. C'est un rhumatologue qui a toute ma confiance depuis.

J'avais alors fait la connaissance de Jean-Georges Cellier, un kiné qui pratiquait la réathlétisation. Le but était de maintenir mes capacités physiques à un niveau optimal tout en ne perdant pas de vue la rééducation, qui était évidemment l'objectif principal. La réathlétisation ne doit jamais nuire à la rééducation ni à la guérison. Le but de la rééducation était de retrouver la fonction de la partie lésée alors que la réathlétisation se concentrait sur les qualités athlétiques.

La réathlétisation n'a pas pour objectif de réduire le temps d'arrêt mais elle permet au sportif d'avoir une capacité physique proche de celle de la reprise de la compétition au moment de la guérison et donc d'optimiser le temps, sans pour autant brûler des étapes. Les étapes, j'aurais bien voulu les brûler mais je savais qu'il fallait respecter le cahier des charges établi par l'équipe médicale.

J'étais tout jeune quand je m'étais retrouvé en rééducation à Saint-Raphaël pour une entorse assez sérieuse, sans que cela nécessite une intervention chirurgicale. On attendait toutefois de ma part un certain sérieux. Ce ne fut pas le cas : j'étais tellement content d'être dans le Sud et d'échapper à la surveillance de Guy Roux que j'avais fait le mur - un peu trop - pour aller m'amuser. Olivier Fichez m'avait fait savoir qu'un tel comportement était inadmissible et que si je n'étais pas disposé à jouer le jeu de la rééducation, il préférait que je rentre à Auxerre. J'étais sorti de son bureau tout penaud en réalisant que je faisais n'importe quoi. Au bout de cinq minutes, Olivier m'avait revu passer la tête dans son bureau pour lui dire que j'étais désolé pour mon attitude et que j'allais suivre le programme à la lettre s'il m'autorisait à rester. Il s'en amuse encore aujourd'hui, lui qui me suit depuis cette époque. Il m'a dit avoir pensé que j'avais eu l'intelligence de l'écouter. C'est vrai que je suis fier mais pas orgueilleux. Bien sûr, il m'est arrivé de m'entêter. Personne n'est parfait. Je pense avoir toujours su reconnaître mes torts quand on me les exposait clairement. Je ne me suis pas voilé la face. À trop vouloir avoir raison, on peut se causer beaucoup de tort.

Jean-Georges a été déterminant dans ma « rédemption ». Je dis bien « rédemption » car on me disait mort, fini. J'étais censé m'estimer heureux si je marchais à nouveau normalement. Mon frère Abou vous le dira mieux que moi : il suffit de me défier pour que j'aie envie de faire taire tout le monde. Dès que je suis critiqué, montré du doigt et confronté à l'impossible, sinon l'impensable, je me dois de prouver le contraire. C'est comme ça depuis que je suis petit. Il suffit qu'on me dise que c'est voué à l'échec pour que je veuille gagner la partie. Quelle qu'elle soit.

Mon kiné m'avait expliqué la gravité de ma blessure tout en me rassurant sur les mois à venir. Nous allions travailler ensemble pour me faire revenir en temps et en heure sur le terrain. Mon temps et mon heure ? Jean-Georges avait entendu mes objectifs. Mon corps a bien répondu à mes attentes. Le mental ne peut pas tout faire si le corps ne suit pas.

Ce n'est pas vraiment dur, la rééducation. Plutôt ennuyeux par son côté répétitif et limité. C'était la première fois que je restais autant de temps sans jouer au football et je m'ennuyais. C'est surtout au début que c'est difficile, parce que le temps semble s'être arrêté. Je comptais un à un les 180 jours nécessaires à mon rétablissement. Quand on approche du but (décidément, ma vie ne se résume qu'à ça) et que les sensations reviennent, il y a une espèce d'euphorie. On se réjouit d'abord de pouvoir poser normalement le pied au sol. Quand j'ai senti que les appuis étaient bons, que j'avais retrouvé une qualité de course, j'ai su que j'avais fait 80% du travail.

La première fois que j'ai touché un ballon pendant la rééducation, j'ai ressenti la même joie qu'après avoir marqué un but. Ça m'a fait tellement plaisir que j'ai fait un salto. Vous me direz que ce n'était pas forcément la meilleure chose à faire mais c'était une façon pour moi de redevenir moi. De revenir dans le jeu, au sens propre du terme.

Entre-temps, je retournais régulièrement à Liverpool pour suivre une batterie de tests et d'autres examens. Il a fallu m'enlever progressivement toute la quincaillerie que j'avais dans la jambe. J'étais l'homme bionique mais je ne valais pas un kopeck avec cette ferraille.

Quinze jours après avoir recommencé à trottiner autour du terrain, le coach m'a demandé si je me sentais prêt à réintégrer le groupe pour aller disputer notre match retour contre la Juventus Turin, en quart de finale de la Ligue des champions. J'avais hésité, car cela me semblait un peu tôt, mais j'avais envie de faire confiance au staff technique du club qui estimait que ma convalescence avait assez duré.

Généralement, il faut compter entre six et huit mois pour ce genre de rééducation. Il m'a fallu 164 jours pour retrouver le maillot rouge. Quel bonheur ! Pour moi comme pour le club, qui avait quand même versé beaucoup d'argent pour m'avoir dans l'équipe. J'avais montré de jolies choses avant de me blesser. J'avais dit que je n'étais pas fini et que je reviendrais pour disputer la fin de la compétition. Mes coéquipiers avaient fait du bon boulot en gagnant quasiment toutes leurs rencontres pour arriver en quart de finale. J'avais désormais la chance de participer à cette belle aventure.

Le 13 avril 2005, je suis entré sur le terrain à la 75e minute, en remplacement du Tchèque Milan Barros. Dès le premier choc avec Fabio Cannavaro, j'ai été rassuré. Aucune douleur. Cela a suffi pour m'enlever mes dernières appréhensions et surtout confirmer mon retour. J'avais fait mentir mon sauveur, Mark Waller : ma saison n'était pas terminée. Et elle allait se conclure de la plus jolie des façons.

Après notre victoire sur la Juventus, je disputais une finale de Ligue des champions, le 25 mai 2005 au stade Atatürk d'Istanbul. J'ai assisté à l'essentiel de la rencontre sur le banc. C'était une catastrophe à laquelle j'assistais impuissant. À la fin de la première mi-temps, le grand Milan AC de Paolo Maldini menait 3-0. Le chant des 25 000 supporters qui avaient fait le déplacement en Turquie allait résonner dès le premier but des Rossoneri [1], à la 52e seconde ! On était mal partis, c'est peu de le dire.

Dans le vestiaire, Rafael Benitez nous avait enjoints à nous réveiller. On ne devait et on ne pouvait pas

1. Rouge et noir, couleur du club Milanais.

subir ! C'était notre finale. Et là, dans ce vestiaire où on n'entendait que la déception voler notre rêve, Steven Gerrard s'est levé. Il a demandé au coach et au staff de nous laisser seuls. En tant que capitaine de cette équipe, il avait besoin de parler aux joueurs. En privé. Il n'y avait là rien d'irrespectueux de sa part et Rafael Benitez l'a compris. Steven Gerrard était un patron. C'est le meilleur capitaine que j'aie eu dans ma carrière. Il faut en avoir une sacrée paire pour demander à son coach de quitter le vestiaire.

Rien que ça, ça nous avait boostés. Quand il a pris la parole, il nous a transmis sa confiance en lui. Sa confiance en nous. Il nous a promis que si on marquait dans le premier quart d'heure de cette deuxième mi-temps, on reviendrait au score.

Le coach avait dit à Djimi Traoré qu'il devait sortir après cette première mi-temps catastrophique. Il avait déjà pris sa douche quand finalement, Benitez a changé d'avis. Il lui a demandé de retourner sur le terrain avec ses coéquipiers. Cette mi-temps avait quelque chose d'un peu irréel. Disons en dehors du commun. Il se passait des choses bizarres. On avait moyennement apprécié de voir les Milanais se congratuler dans le couloir. Leur excès de confiance nous avait encore plus motivés. Un match n'est jamais perdu tant qu'on n'en a pas sifflé le terme.

Stevie nous avait donné sa parole et il allait tenir sa promesse en marquant à la 54e minute de jeu, d'une tête décroisée. Ça ne faisait pas quinze minutes qu'il avait quitté le vestiaire. Vladimir Smicer marqua deux minutes plus tard d'une frappe puissante. À la 60e minute, avec le penalty presque raté de Xabi Alonso, on était revenus au score. C'était magique ! Le coach a alors décidé de me faire entrer. À une demi-heure de la fin, j'ai remplacé Milan Barros.

Après une prolongation stérile, on allait se disputer la victoire aux tirs au but. Jerzy Dudek a été grandiose, héroïque : notre gardien a stoppé les frappes des grands Andrea Pirlo et Andreï Shevchenko ! Comment vous expliquer mon bonheur quand moi, j'ai mis le ballon au fond des filets... Je n'avais pas douté une seconde. Comme vous l'a dit Guy Roux plus haut, je ne doute jamais sur un terrain de football. Ce fut une joie indescriptible. Une joie couronnée par la victoire d'une équipe menée 3-0 au terme de la première mi-temps.

On a donné le nom de « miracle d'Istanbul » à cette finale mythique, voire mystique. Je revenais moi-même de très loin après ma blessure. Dans les tribunes, Jean-Louis Legrand avait pleuré de joie en me voyant revenir d'entre les morts. Ils avaient été nombreux à m'enterrer suite à ma blessure. Lui n'avait jamais cessé de croire en moi et en mon retour au plus haut niveau. Jamais mon contrat chez adidas n'a été remis en question. Comme notre amitié. C'était un grand moment pour moi. Pour lui. Pour nous.

Cette victoire faisait de moi le dix-huitième Français à soulever la Coupe aux grandes oreilles. Elle aurait pu me donner des ailes pour ma deuxième saison avec Liverpool mais il manquait l'alchimie avec le coach. J'ai quand même vécu de grands moments, comme ce match incroyable au Millennium Stadium de Cardiff pour la finale de la FA Cup contre West Ham, le 13 mai 2006. Cette rencontre m'a valu un paragraphe magnifique dans l'autobiographie de Steven Gerrard parue en juillet 2007.

« Alors que nous commencions à jouer un peu mieux, le souvenir d'Istanbul nous a inspirés. Le moment était venu de provoquer un nouveau retournement de situation. Il était crucial de marquer un but juste avant la mi-temps (alors que nous étions menés 2-0). J'ai vu l'appel de Djibril dans la surface. Je devais le trouver. Je ne pouvais pas gâcher cette occasion en or. Je l'ai ciblé et je lui ai adressé la balle. La finition de Djibril fut sensationnelle.

Il n'avait pas obtenu beaucoup de crédit cette saison-là. Il mérite des compliments appuyés pour cette reprise de volée car elle nous a ramenés dans cette finale de FA Cup (remportée 3-3, 3-1 aux tirs au but). Djibril avait eu une année difficile, ne jouant pas à sa position, et je sais que ça ne se passait pas bien avec Rafa (Benitez). Son départ pour Marseille n'a pas été une surprise. Djibril est un peu différent de nous autres.

Certains de ses choix en matière de vêtements, de voitures, de tatouages et de coupes de cheveux m'ont fait secouer la tête d'incrédulité mais en tant qu'être humain, c'est un grand bonhomme. Il se soucie réellement des autres. Il ferait n'importe quoi pour vous. Ses fringues colorées ne me manquent pas mais sa personnalité brillante, si. J'espère qu'il aura plus de chance à Marseille qu'il n'en a eu à Liverpool. On se souviendra toujours de lui à Anfield pour ce coup d'éclat à Cardiff. »

Steven Gerrard évoque une année difficile pour moi. Benitez n'était pas convaincu par mon jeu et je le sentais. J'ai toujours eu besoin de sentir que mon entraîneur me soutenait et ce n'était pas le cas là-bas. Pourtant, sur les neuf premiers matches, j'avais marqué six buts, dont deux contre le CSKA Moscou pour nous faire remporter la Supercoupe de l'UEFA.

Je m'étais montré décisif durant la prolongation. Mais Benitez n'avait pas envie de me voir plus longtemps dans son équipe. Il avait eu des mots assez durs dans la presse, affirmant que mon jeu ne lui correspondait pas. « À Auxerre, Djibril n'avait pas la charge de défendre, ni de responsabilité dans la tactique de l'équipe. Maintenant, dans un grand club comme Liverpool, il doit apprendre à travailler pour ses coéquipiers, qui sont aussi de très bons joueurs. Il doit comprendre la différence entre un club qui joue pour gagner des matches et un club qui joue pour gagner des trophées. »

Malgré la dureté de ses propos, j'aurais aimé le convaincre. Je voulais rester à Liverpool où je donnais constamment le meilleur de moi-même. Sur mes dix derniers matches en rouge, j'ai marqué sept buts. J'avais des progrès à faire mais le défi me séduisait. C'était malheureusement moins séduisant pour « Rafa ». Je lui sais gré de ne pas m'avoir laissé sur le banc. Mon jeu ne lui convenait pas mais il ne voulait pas m'empêcher de m'exprimer ailleurs. Les discussions avaient commencé avec Marseille, qui s'était rapidement positionné pour « m'emprunter ».

Chapitre 6

Les Bleus dans la peau

Je pense que Raymond Domenech m'en a un peu voulu pour ce qui s'est passé en Afrique du Sud en 2010. Nous n'en avons pas encore reparlé ensemble mais je pense que ça arrivera quand on se reverra et qu'on en parlera posément. Je sais qu'il a compris que je n'avais pas vraiment le choix. Je n'avais pas le pouvoir de changer une situation délicate. Je n'étais pas un cadre dans cette équipe de France qui comptait encore pas mal d'anciens et j'ai toujours eu le respect de la hiérarchie.

Bien sûr que je regrette de ne pas être descendu de ce bus. Quand on m'en reparle, je ne suis vraiment pas fier de ce qui s'est passé. Je ne dirais pas que ça me hante mais quand on met le sujet sur le tapis, je ne suis pas à l'aise avec ça. Je n'ai que très peu de regrets. Knysna en fait partie. J'ai déconné. Encore une fois, je ne cherche pas à fuir mes responsabilités. J'aime tellement ce maillot, comment ai-je pu lui manquer de respect ? Je l'ai dit à maintes reprises, jouer pour l'équipe de France a toujours été un grand honneur pour moi. Un choix difficile, quoi qu'il en soit, car j'ai dû renoncer à défendre les couleurs de la Côte d'Ivoire auxquelles j'étais également très attaché. Mon père, mon oncle et mon frère ont porté ces couleurs. J'aurais aimé connaître la ferveur des supporters africains. C'est assez unique en son genre.

Je me souviens de ce match amical contre la Côte d'Ivoire qui entérinait le retour de Zinédine Zidane sous le maillot bleu, le 17 août 2005. On avait joué à Montpellier, dans un stade chaud bouillant. Grégory Coupet était dans les cages. Les supporters africains avaient chanté : « Coupet, on va te décaler ! » J'avais trouvé ça trop drôle. L'humour ivoirien me fait beaucoup rire.

Je suis connu pour être quelqu'un ayant du caractère mais je n'ai pas su ouvrir ma grande gueule au bon moment. J'ai subi, avec beaucoup d'autres joueurs. On a suivi l'ordre donné par les cadres de l'équipe. Je n'en faisais pas partie. J'estimais ne pas pouvoir trop la ramener après être resté éloigné de la sélection nationale assez longtemps, sans jamais y avoir vraiment fait mes preuves. Disons que je manquais de légitimité pour remettre les choses à leur place. Parce qu'il faut bien le dire, nous étions complètement à côté de nos pompes. Raison pour laquelle nous n'avons pas chaussé nos crampons.

Plaisanterie mise à part, sur le moment, il s'agissait d'être solidaires car la situation nous semblait totalement injuste. Comme je le disais, je n'ai jamais supporté les injustices. Renvoyer un joueur deux jours avant un match capital, je ne comprenais pas. Après, je ne sais pas ce qui s'est passé dans le vestiaire pendant cette mi-temps de France-Mexique tristement célèbre, qui a tout déclenché. J'étais sur le terrain en train de m'échauffer. Quand j'ai vu le directeur technique arriver et dire à « Dédé » (Gignac) qu'il remplaçait Nicolas Anelka, je ne me suis pas posé de questions. Peut-être était-il blessé. Ou le coach avait estimé qu'il fallait qu'il sorte. Quoi qu'il en soit, je n'ai été mis au courant de la situation critique qu'à la fin du match, par « Titi » (Henry). Ce qui s'est vraiment passé, personne ne saura le raconter mieux que Nico. Je ne peux parler que de ce que j'ai vécu. Je n'ai aucun jugement à porter, si ce n'est contre moi-même, pour faire mon autocritique.

Le soir de notre grève pathétique, le chef de la sécurité, Momo Sanhadji, m'avait dit que le coach allait partir. J'étais, selon lui, la personne toute désignée pour tenter de le retenir. Je suis allé dans sa chambre pour le voir et solliciter une conversation. Il était en train de préparer ses affaires, dans un état de grande colère. Il avait commencé par m'engueuler copieusement et je m'étais tu, pour de bonnes raisons cette fois-ci. Que pouvais-je répondre ? Oui, ce que nous avions fait était grave et impardonnable. Oui, nous étions la risée de cette Coupe du monde 2010. Une honte pour la France. Après l'avoir laissé vider son sac, je lui avais répondu que non, il ne devait pas faire ses valises. Oui, on avait toujours besoin de lui. J'ai essayé de lui parler en ami. Un ami plus jeune, très respectueux de l'homme que j'admirais et que j'aimais beaucoup. C'est toujours le cas.

On avait encore une chance de corriger le tir en gagnant le match contre l'Afrique du Sud. Il était impensable qu'on se qualifie sans lui. De quoi aurait-il eu l'air s'il avait abandonné son équipe et qu'elle s'était qualifiée pour la suite de la compétition ? Je ne voulais pas qu'il morfle deux fois à cause de nous. J'ai voulu calmer le jeu et je ne sais pas si j'ai vraiment eu une incidence sur son choix. Je veux croire que oui, qu'il s'est senti soutenu, même si je connais assez bien Raymond pour savoir qu'il est seul maître de ses choix. J'en avais fait les frais à Tignes. Sans rancune.

Sur le papier, on partait favoris. On était la grosse équipe et c'était encore jouable. Mais on n'a pas joué. Du moins, pas comme on l'aurait dû. On aurait pu retourner la situation mais c'est nous qui avons été retournés comme des crêpes. On a subi ce match qu'on aurait dû gagner cent fois (on a perdu 2-1).

Nous aurions dû gagner cette Coupe du monde pour nous faire pardonner notre erreur. Personne n'aurait oublié mais on nous aurait pardonné. Il aurait fallu de l'exceptionnel pour maquiller le médiocre de notre décision. Je ne fuis pas ma responsabilité dans tout ça. Même si ce n'est pas moi qui ai lancé le mouvement, j'aurais dû parler au moment où ça aurait servi à quelque chose. On peut être solidaire et donner quand même son

En poussins.

En minimes.

Mes parents : Ma maman, Kady, à qui je dois beaucoup, mais je n'ai quasiment pas connu mon père.

Mes frères Hamed, Abou, Seny et leurs enfants.

En vacances en famille avec Marie-Cécile, Marley-Jackson, Cassius et Prince Kobé.

Je suis fier de mon fils Cassius qui joue au club de Manchester United.

Guy Roux avec mon beau-frère Rémi et son fils.

Ma famille au mariage de ma soeur Damayé.

Ma compagne Marie-Cécile avec ma fille Ilona.

Selfie avec Marley-Jackson, Cassius et Prince Kobé.

Avec mon fils Gabriel, né cette année.

Ma fille Ilona, passionnée de danse et de chanson.
Ça ne m'inquiète pas plus que ça qu'elle veuille s'engager dans une carrière artistique.

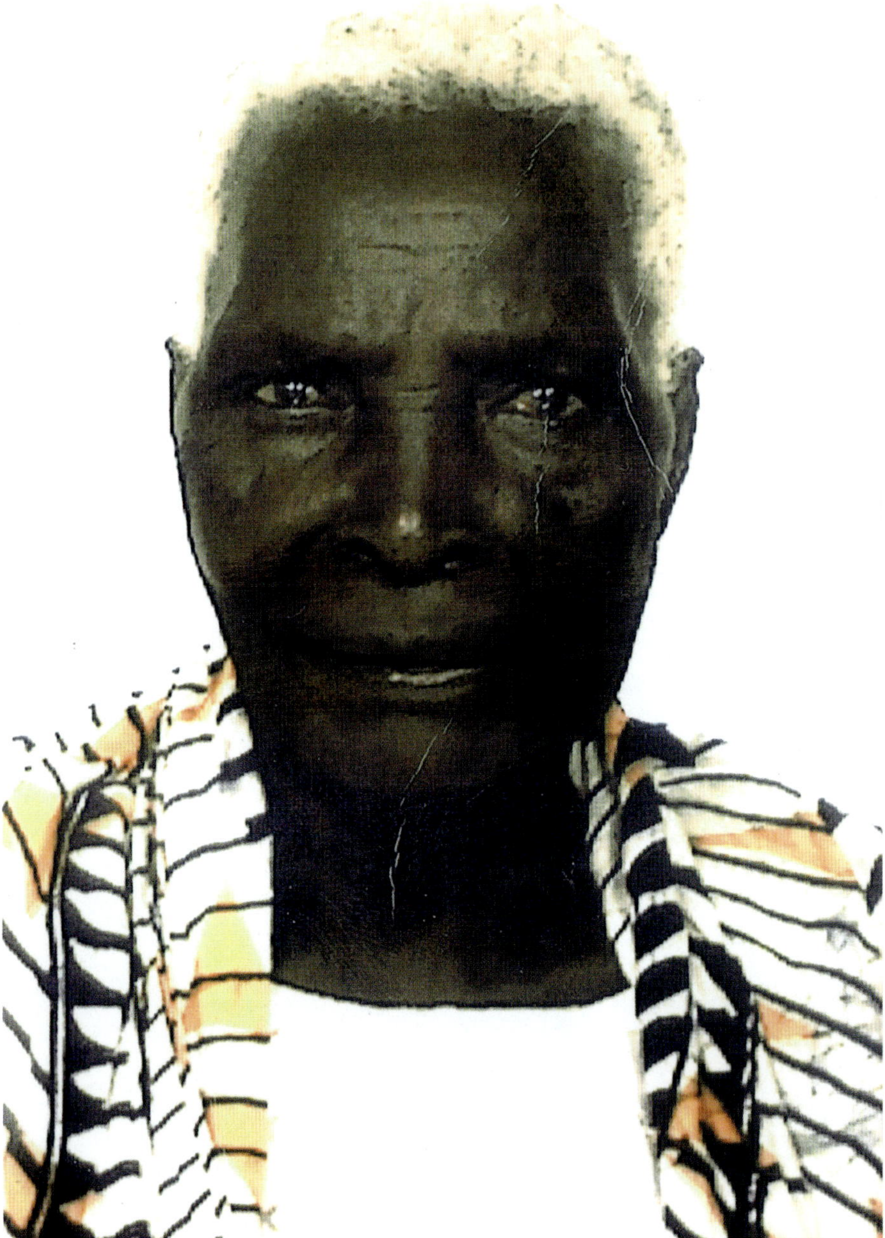

Ma grand-mère maternelle Oussagdbé.

Avec ma soeur Damayé à Arles.

Notre maison d'enfance à Saint-Martin-de-Crau.

Marley-Jackson, Cassius et Prince Kobé en promotion pour Mr Lenoir.

Chez moi à Paris.

Ilona et mon neveu Noa en vacances.

J'ai fait couler beaucoup d'encre avec mes looks et autres tatouages.
Et pourtant, je n'ai jamais cherché à choquer ou à me faire remarquer.

À Auxerre avec Yann Lachuer, Benjani et Khalilou Fadiga. Une époque formidable !

J'ai toujours aimé faire le spectacle.

Quand j'ai découvert Liverpool, Anfield et le célèbre hymne You'll never walk alone, j'ai été subjugué.

On a donné le nom de « miracle d'Istanbul » à notre victoire en Ligue des champions en 2005. Je revenais de très loin après ma blessure. L'AC Milan menait 3-0 à la mi-temps. Nous avons égalisé à 3-3 puis remporté la séance de tirs au but.

Champion d'Europe.

J'ai eu la chance d'avoir affaire à des gens de parole à l'OM.
Des hommes de grande classe.

Khalilou Fadiga m'a donné beaucoup de courage. « Khali » avait de gros problèmes au cœur. Il s'était battu comme un lion pour revenir. Pour moi, il était l'exemple à suivre.

L'OM, c'est mon enfance. Ce club m'a bercé. Dans le Sud, presque tout le monde vit et pense OM. Je n'y ai pas échappé.

Je me suis beaucoup plu à Sunderland. Ils avaient de bonnes installations et un beau stade. J'y étais à mon aise.

Les supporters des Black Cats m'appréciaient et je m'entendais très bien avec le reste de l'équipe mais je ne jouais pas à mon poste. C'était compliqué pour moi.

Au Panathinaïkos. J'étais le plus gros transfert de l'histoire du football grec, il fallait que je me montre à la hauteur.

En deux saisons, j'ai inscrit 55 buts en 89 matches. J'étais bien en Grèce et j'y serais resté volontiers s'il n'y avait pas eu ces problèmes financiers.

Les supporters de la Lazio ne sont pas racistes.
J'ai été reçu comme un prince dans la Ville éternelle.

Il faut croire que dans mon histoire personnelle, tous les chemins mènent en Angleterre. En janvier 2012, j'ai signé avec les Queens Park Rangers.

En signant au FC Kouban Krasnodar, en Russie, j'ai eu une drôle d'idée !

À Bastia. Je voulais revenir en France et marquer mes 100 buts.
Mon compteur était bloqué à 94 réalisations.

Je n'ai que très peu de regrets. Knysna en fait partie. J'ai déconné.

adidas

Je pense que Raymond Domenech m'en a un peu voulu pour ce qui s'est passé en Afrique du Sud en 2010. Il a compris que je n'avais pas vraiment le choix. Je n'avais pas le pouvoir de changer une situation délicate.

Pendant ma dernière année à Bastia, j'ai joué avec une blessure qui aurait incité 95% des footballeurs à mettre un terme à leur carrière.

Octobre 2005. Suisse-France, qualifications pour la Coupe du monde 2006. Je remplace Vikash Dhorasoo. Zinédine Zidane me dit : « Allez, c'est toi qui nous qualifies. Ce soir, tu marques. » Six minutes plus tard, je donnais raison à mon capitaine en inscrivant le premier but de la rencontre (1-1).

L'équipe de France a toujours pu compter sur moi. Jamais je n'aurais pensé à refuser une sélection.

J'aime beaucoup Sylvain Wiltord. C'est vraiment un très bon pote. Quand on m'avait dit que j'allais partager sa chambre à Clairefontaine, j'avais été un peu impressionné. J'adorais ce mec sans le connaître.

Il y a des joueurs qui marquent leur époque et il y a ceux qui ont eu le privilège de jouer à leurs côtés. Je fais partie des privilégiés qui ont joué avec Zinédine Zidane (ici avec Sylvain Wiltord).

avis. J'aurais pu et dû donner mon avis, exprimer mon désaccord sur la décision de ne pas descendre du bus. Si je n'ai pas su parler à l'époque, je n'ai pas à le faire aujourd'hui. Il n'y a qu'un seul joueur que j'ai prévenu qu'il était en train de déconner. C'est entre lui et moi. Dans le bus, on a pensé qu'à être solidaires. Dommage qu'on n'ait pas été aussi soudés sur le terrain. On aurait gagné des matches.

Jean-Louis Legrand m'a convoqué dans sa chambre le soir de la grève. Il n'arrivait pas à comprendre qu'on ait pu faire une chose pareille. L'incidence de ce qu'on avait fait dépassait, pour lui, le simple cadre du football. Dans un pays à l'histoire si lourdement chargée, notre équipe était censée incarner la réussite d'une société multiraciale, pluriculturelle. Pour Jean-Louis, on était censés être des modèles et faire rêver une population avec 90% de Noirs. Il avait honte pour nous. Pour moi. Devant lui, sans excuses, j'ai éclaté en sanglots.

C'est un euphémisme de dire qu'on ne méritait pas notre prime. On nous a demandé de la reverser à une association caritative. Ça me semblait être un minimum. Que notre aventure africaine serve au moins à quelque chose de beau. J'ai décidé de donner la moitié au club de Saint-Martin-de-Crau, où mon frère est désormais éducateur. C'est à son initiative que, suite à cette donation, le tournoi minimes a été rebaptisé la Djibril Cissé Cup, en 2011.

La première année, Abou avait eu l'idée d'inviter les minimes de tous les clubs dans lesquels j'avais joué en France : Arles, Nîmes, Auxerre, Marseille. Ça m'avait fait plaisir. C'était touchant de voir ces gosses marcher sur mes pas. C'est du moins tout le bien que je leur souhaite.

J'ai commencé en équipe de France en 1996, avec les moins de 15 ans. Je n'avais pas marqué contre les Pays-Bas mais j'étais content de cette première sélection internationale. Mon choix s'est imposé assez tôt. Je n'ai pas hésité, j'étais tellement fier d'être appelé à Clairefontaine. En 2000, trois semaines après nos ainés, on devenait champions d'Europe avec les moins de 18 ans. Un grand moment de bonheur et surtout la fierté de marcher sur les traces des Bleus.

Je n'ai découvert que très récemment que, suite à ma Coupe du monde juniors en Argentine en 2001, les médias locaux m'avaient surnommé à l'époque « El Superman ». Je savais qu'ils me trouvaient un peu fou-fou - « El Loco » - à cause de mes saltos à répétition. C'est vrai que j'avais été très en forme pendant cette compétition, marquant six buts dont trois dès notre premier match, contre l'Iran. Malheureusement, on a été éliminés en quart de finale.

L'équipe argentine était au-dessus de tout le monde. En plus de jouer à domicile, elle avait su pratiquer un très beau football pour remporter le titre. On aurait aimé réaliser le même exploit que les Bleus en remportant les deux titres - être champions d'Europe et champions du monde d'affilée - mais notre joie avait été de courte durée. On avait bien joué mais on avait été stoppés dans notre élan par l'équipe qui allait devenir championne. Ma prestation m'a valu le Ballon et le Soulier de bronze. Elle m'a surtout valu de rejoindre les pros à Auxerre.

Pour ma première sélection en équipe de France en 2002, c'est Henri Emile qui m'avait appelé. Je faisais la sieste et j'avais pensé à une blague d'un de mes coéquipiers. Je lui avais donc raccroché au nez. Il ne faut pas trop me déranger quand je dors, je n'aime pas ça. Mon téléphone avait sonné de nouveau. Fortement irrité, j'avais décroché avec une certaine agressivité.

« Qu'est-ce qu'il y a ? Je dors !

- Djib, c'est Riton. Sérieusement.

- Je ne connais pas de Riton. Sérieusement. »

Et j'avais raccroché, excédé. Quand le téléphone avait sonné à nouveau, je ne savais plus trop si je devais répondre ou comprendre que ce n'était pas une blague. Bien sûr, j'avais envie d'y croire mais je ne voulais pas être le dindon de la farce.

« Djib, c'est la dernière fois que je t'appelle. C'est Henri Emile, l'intendant de l'équipe de France. Roger Lemerre te convoque pour le stage à Tignes.

- D'accord, d'accord. Merci. »

J'avais raccroché, persuadé d'être victime d'une blague de vestiaire. Mais quand même, l'idée faisait son chemin dans ma tête, même si c'était trop beau pour être vrai. J'étais « tombé du lit » pour me rendre à l'entraînement, trois quarts d'heure plus tôt que prévu. Pour une fois, j'étais en avance... J'étais allé voir Guy Roux pour lui demander s'il était au courant d'une éventuelle convocation pour moi en équipe de France.

« Oui, bien sûr. Henri Emile m'a appelé tout à l'heure pour me dire que tu partais à Tignes. »

J'étais catastrophé. Je lui avais raccroché au nez presque trois fois ! J'étais très mal à l'aise. On l'avait rappelé avec le coach et Riton avait éclaté de rire. Il avait compris que pour moi, c'était trop beau pour être vrai. Jamais je ne me serais permis de lui manquer de respect si j'y avais cru dès le départ. J'étais heureux, sans vraiment réaliser ce qui m'arrivait. À la fin de l'entraînement, les journalistes étaient là pour me faire réaliser à quel point tout cela était réel. Oui, j'étais convoqué en équipe de France. Enfin une convocation qui allait faire plaisir à ma maman. Elle avait toujours été la première à partager mes joies. C'est avec des larmes sur mes joues que je l'ai appelée pour lui annoncer la bonne nouvelle.

Il faut se rendre compte que quatre ans plus tôt, je regardais cette même équipe de France devenir championne du monde face au Brésil ! J'avais suivi France 98 avec de grands yeux. J'étais au centre de formation et ces Bleus me faisaient vraiment rêver. Moi, petit padawan je rêvais d'aller faire la guerre avec les étoiles du football français mais je ne pensais pas briller avec elles avant longtemps.

On n'était pas beaucoup à croire à leur victoire à l'époque mais j'avais foi en cette équipe. Un match de foot, ça se joue. Ça se gagne. Une finale face au Brésil, ça fait peur sur le papier. Mais sur le terrain, ça se joue. Et ça se gagne. Après, je n'aurais jamais parié sur le score de 3-0 mais ce n'était que la cerise sur le gâteau. Un bonus non négligeable.

J'avais été impressionné par la détermination de cette équipe, si décriée. Les joueurs n'avaient pas forcément reçu le plus grand des soutiens mais ils y avaient cru jusqu'au bout. Du premier au dernier match, on avait senti une force, une grande cohésion. Ils avaient réussi à ne faire qu'un sur le terrain et c'est à mon avis la seule façon de gagner un match de foot : quand les joueurs n'existent qu'à travers l'équipe qu'ils incarnent. Quand ils sont une équipe et non plus un groupe de joueurs. Il s'agissait quand même de gagner le plus beau des trophées du football. À domicile !

L'homme de la situation ? Je ne vais pas être très original mais c'est évidemment "Zizou". Prendre un carton rouge aussi tôt dans la compétition sur un geste plutôt moche (c'est "Zizou" on lui pardonne tout), se retrouver suspendu alors qu'il y a une qualification à aller chercher et finir en marquant deux buts en finale, c'est extraordinaire. Mentalement, c'est une force de la nature. Il faut savoir et pouvoir revenir. Son retour dans la compétition est juste magistral : c'est encore plus beau que la performance de mon point de vue. Toucher le fond, se retrouver tout en bas et revenir la tête haute, conquérante et victorieuse. Ce n'est pas un héros mais un super-héros. Ce mec est super fort au-delà de son talent ballon au pied. Il a un mental à toute épreuve et c'est ce qui m'impressionne le plus chez un athlète.

La force de caractère est beaucoup plus déterminante que le talent. Beaucoup de gens reçoivent un talent à la naissance : il y en a qui sont endurants, d'autres rapides ou souples... C'est inné. Je suis convaincu que l'acquis fait toute la différence : quand tu vas chercher à force de volonté le plus fort, le plus loin possible où ton talent peut te mener. Quand tu vas chercher les ressources pour revenir quand on t'a dit : « Non, stop, impossible. » J'admire ceux qui réalisent l'impossible. Les vrais champions le deviennent d'abord dans leur tête : ils l'ont décidé et n'attendent de personne une quelconque permission. Ils font ce qu'il faut.

Ce n'est pas donné à tout le monde de sortir du lot parce qu'il faut se l'octroyer soi-même. Sans vouloir me lancer des fleurs, je suis le meilleur exemple de ce que j'avance. Je suis très fier de mes retours au plus haut niveau après mes deux blessures. Je pense être un cas unique en son genre. Bien sûr que les trophées sont importants dans une carrière mais ce que j'ai accompli après avoir été mis deux fois au tapis reste une grande victoire.

J'étais donc le petit nouveau des Bleus. Je ne remercierai jamais assez Christophe Dugarry, Bixente Lizarazu, Frank Leboeuf et Vincent Candela pour l'accueil qu'ils m'ont réservé dans ce stage en comité réduit. Beaucoup de joueurs étaient encore retenus en Ligue des champions. Aussi, on ne devait être que huit. Avec eux, j'ai trouvé les portes de la maison Équipe de France grand ouvertes. Tous les matins, ils me demandaient si ça se passait bien pour moi, si j'étais bien avec eux. Si j'étais bien ? Non, j'étais au top ! Je vivais ces moments avec beaucoup de gratitude : c'était un cadeau magnifique. Juste d'être là. Avec mes rêves en bandoulière, je n'avais rien d'autre à offrir que mon enthousiasme à ces champions qui n'avaient pas besoin de moi : ils avaient déjà tout gagné. Moi, j'avais encore tout à prouver. Ils m'ont donné l'opportunité de le faire en m'acceptant parmi eux. Ils avaient le pouvoir de me refuser cette chance.

Même si j'avais terminé meilleur buteur du championnat de France, du fait de mes 20 ans, je ne me sentais pas parmi les favoris pour disputer la Coupe du monde. Il y avait beaucoup de concurrence. Pour moi, c'était déjà bien d'être là. On se parlait tous les jours avec Guy Roux et je lui confiais mes états d'âme. Quand il m'avait dit « On verra bien à la Coupe du monde », je lui avais répondu que je ne pensais pas en être. Peut-être savait-il déjà que j'allais y aller. Moi, je n'osais pas y croire.

Quelques jours plus tard, le samedi 18 mai 2002, je faisais mon entrée sur la pelouse du Stade de France avec le numéro 9 sur mon maillot bleu. En deuxième mi-temps, première sélection pour moi en tant que remplaçant de David Trezeguet. J'aurais aimé marquer face aux 79 056 spectateurs mais je n'avais réussi qu'à placer une tête sur la transversale. Je pense avoir fait un bon match pour un petit jeune qui se retrouvait au milieu de tous ces grands champions. Je m'en étais bien sorti. Ça aurait été encore plus beau de marquer d'entrée de jeu. C'était déjà magnifique pour moi d'être sur le terrain, même si nous avions perdu ce match amical 2-1. L'un de mes plus beaux souvenirs. Très fort en émotions.

« Zizou » n'était pas avec nous. Son troisième fils, Théo, venait de naître le même jour en Espagne. Trois jours plus tôt, il remportait la Ligue des champions avec le Real Madrid. Il devait nous rejoindre plus tard en Asie. Parce que oui, j'allais partir disputer ma première Coupe du monde avec les Bleus. Encore une fois, Guy Roux avait vu juste, comme cela avait souvent été le cas en ce qui me concerne. Disputer une Coupe du monde à 20 ans, c'est déjà une consécration, n'est-ce pas ?

Quand « Zizou » était arrivé, j'avais vraiment réalisé que j'étais en équipe de France. C'est difficile à expliquer. Avec tout le respect que j'avais et que j'ai toujours pour les autres, Zidane restait, pour moi, au-dessus de tous. Il incarnait le top à mes yeux. Il y a des joueurs qui marquent leur époque et il y a ceux qui ont eu le privilège de jouer à leurs côtés. Je fais partie des privilégiés qui ont joué avec Zinédine Zidane.

Le jour où il est arrivé en Corée du Sud, je me souviens d'avoir appelé Abou pour lui dire que mon aventure commençait vraiment en équipe de France. J'allais jouer avec le plus grand joueur de ma génération. Même pour mon entourage, ça représentait quelque chose d'énorme. Quand on évoque ma carrière, les gens me disent parfois : « Ah oui, c'est vrai, tu as joué avec Zizou, toi ! » Oui, j'ai cette chance d'avoir joué quelques matches à ses côtés et c'est une grande fierté pour moi. Quand tu as joué avec Zinédine Zidane, tu as fait quelque chose de grand. C'est le point d'orgue d'une carrière passée aux côtés de grands joueurs. De grands messieurs.

Malheureusement, 2002 a été une déroute totale pour l'équipe de France. C'est ça, la beauté du sport : rien n'est jamais sûr et encore moins gagné. C'est aussi ce qui rend la victoire si belle. Il y a une part de magie qui nous échappe. Dans le sport de haut niveau comme dans le quotidien de Monsieur Tout-le-monde, il y a des jours avec et des jours sans. Malgré une attaque qui réunissait les meilleurs buteurs de trois championnats européens (Thierry Henry meilleur buteur de Premier League, David Trezeguet meilleur buteur de Serie A et moi meilleur buteur de Ligue 1), notre compteur allait rester bloqué à zéro but : si on avait pu marquer des points à chaque fois qu'on touchait un poteau ou une transversale, on aurait marqué pas mal de points.

Ce qui devait être, pour moi, une plongée dans le grand Bleu allait finalement se transformer en naufrage. Ce fut néanmoins une grande expérience pour moi, comme j'allais le confier à *France Football* en janvier 2003 : « J'ai appris dans la gestion des grands évènements, dans la gestion du quotidien au haut niveau avec une pression extrême.

J'ai vu et j'ai enregistré. Quand on n'est pas dedans, on ne peut pas savoir comment ça se passe. C'était fort, même si j'aurais souhaité, comme tout le monde, un autre dénouement. En définitive, ce que j'en retire surtout, ce sont aussi les liens très forts qui se sont noués entre nous.

Roger Lemerre restera tout le temps quelqu'un d'important pour moi : c'est lui qui m'a fait confiance, le premier, chez les Bleus. J'étais vierge de sélection en A et il a pris ce risque, en plus pour une Coupe du monde. Il m'a fait plonger dans le grand bain et je lui en suis reconnaissant. Malgré tout ce qu'on a pu dire à son sujet, c'est quelqu'un de bien. »

Ce qu'on ne sait pas de Roger Lemerre, c'est que c'est un grand rigolo. Il adore faire des blagues, chambrer. Il m'avait fait beaucoup rire. Un vrai personnage. C'est difficile pour moi de vous raconter ces coups d'éclat sans l'image. Il aurait fallu être là pour le voir péter les plombs ou nous faire des phases qu'encore aujourd'hui, nous n'avons pas comprises.

Que dire de ses briefings d'avant-match ! Je me souviendrai toujours de son speech avant France-Sénégal.

Je ne sais plus par qui il avait commencé pour dire : « Toi, je t'ai donné un maillot, je t'ai donné un numéro et tu dois l'honorer. » Il avait poursuivi en disant au suivant : « Toi, je t'ai donné un maillot, je t'ai donné un numéro et tu dois l'honorer. » On avait commencé à se regarder entre nous car il avait dit ensuite la même chose au troisième, puis au quatrième. Tout le groupe avait eu droit à cette phrase. La même phrase pendant vingt minutes. Ça avait été très étrange. Je ne vous raconte pas le fou rire qui m'avait pris.

On allait moins rire par la suite. Commencer une telle compétition sur une défaite, ça conditionne un groupe. Ça donne le ton et ce n'est forcément pas bon. On était très attendus mais on n'avait pas trouvé l'adresse. La pression s'était installée et nous avait isolés dans notre volonté de bien faire à tout prix. En vain. L'ambiance était pourtant très bonne. Il n'y avait pas de clans, pas d'embrouilles. Peut-être qu'on a manqué de stress, justement. Comme en 1998 où personne ne voyait les Bleus aller jusqu'au bout.

On a cherché des coupables, évidemment, pour expliquer la déroute. La venue des femmes ? Il faut arrêter les conneries : bien sûr que ça n'a eu aucune incidence sur le résultat ! Sylvain et moi étions les seuls célibataires. "Zizou" se joignait à nous pour dîner car sa femme était restée en Espagne avec le bébé. Ça ne nous a pas empêchés de passer à côté des buts.

Ça a été dur de voir pleurer le grand Lilian Thuram dans le vestiaire après notre élimination. Il avait décidé de prendre sa retraite internationale après cette compétition et j'aurais aimé lui offrir une meilleure sortie. J'avais fait une super entrée face au Danemark, avec une occasion que je regrettais deux fois plus d'avoir manquée face aux larmes d'un tel monsieur.

C'était très difficile de le voir aussi triste. C'est un grand compétiteur, qui adore son pays (il suffit de le voir chanter *La Marseillaise*), l'équipe de France, et il a su revenir mouiller le maillot quand on a eu besoin de lui. Et de quelle façon ! Ce que ce mec représente dans le football français est juste impressionnant. Il n'y en a pas eu beaucoup, des Lilian Thuram !

Tout n'avait pas été négatif dans cette aventure. L'échec et la victoire font partie de la vie d'un sportif de haut niveau. J'avais failli à ma tâche mais personne ne m'avait pointé du doigt. Comme a dit « Zizou », dans le football, « les performances individuelles, ce n'est pas le plus important. On gagne et on perd en équipe. »

On s'entendait très bien avec « Zizou ». On était deux gars du Sud, ça nous avait rapprochés. En 2005, on était au Golf d'Arras. On jouait les Iles Féroé à Lens. Je me souviens qu'il m'avait « braqué » un sac que j'adorais. Un beau sac adidas de l'Allemagne, avec le numéro 10.

« Petit ! Où tu l'as eu, ton sac ?

- Je l'ai pris chez adidas. Tu le veux ?

- Oui, je le veux bien. Merci. »

Punaise, je pensais qu'il me dirait non ! Je l'aimais vraiment beaucoup, ce sac, mais je ne pouvais pas refuser de faire plaisir au grand « Zizou ». Moi, « le petit », comme il m'appelait. Je suis ravi de lui avoir fait ce cadeau. Je m'en souviens comme si c'était hier, ça me ferait plaisir qu'il s'en souvienne aussi.

Ce qu'il pouvait me chambrer sur mes coupes de cheveux et mes vêtements ! Ça me faisait rire. Je n'ai jamais été un garçon susceptible. Je sais qui je suis et je n'attends pas de me voir dans le regard des autres pour exister. J'ai toujours assumé mes choix, sans chercher à provoquer qui que ce soit.

Lilian Thuram était le seul à ne pas trop s'amuser de mes looks. Il me disait toujours d'arrêter de me teindre en blond. Il n'aimait pas que je me disperse dans des passions qu'il jugeait futiles : tous mes achats un peu trop bling-bling l'exaspéraient. Pour lui, ce n'est pas parce qu'on a les moyens d'acheter une folie qu'il faut se la permettre. Je ne peux que lui donner raison : à l'époque, je ne comprenais pas trop. On a eu une relation assez particulière avec Lilian. Tout le monde était plutôt bienveillant envers moi mais lui avait ce côté « grand frère » qui veut te préparer pour la suite, mais à la dure. Oui, je crois qu'il voulait m'endurcir. Ne pas trop me protéger. Au contraire, il ne m'épargnait jamais à l'entraînement. Son enseignement m'a laissé quelques souvenirs douloureux : il ne relâchait jamais son marquage sur moi, me mettant des coups un peu trop sévères à mon goût.

Même les autres joueurs lui faisaient remarquer qu'il y allait un peu fort avec moi. À chaque fois, il leur répondait : « Il me remerciera plus tard. » Il aurait pu me traumatiser à l'époque. Il fallait avoir du caractère pour supporter les coups de pression du grand Thuram.

Je ne comprenais pas trop ce qu'il avait contre moi mais jamais je ne me serais permis de dire quoi que ce soit. Je n'ai jamais été frivole sur un terrain, j'estimais ne pas devoir être recadré. Je ne sais pas si je le remercie pour ce qu'il m'a fait endurer. Même si c'était pour mon bien, il aurait pu m'en parler car j'étais jeune.

Même si j'étais solide dans ma tête comme sur le terrain, heureusement que tout le monde n'a pas été aussi dur avec moi. J'ai été plus encouragé que mis à l'épreuve.

Son attitude envers moi a changé après que je l'ai battu en Ligue des champions avec Liverpool, quand il jouait à la Juventus. Je l'ai même dit à Sylvain Wiltord : je ne sais pas si c'est le fait d'avoir éliminé son équipe cette année-là qui l'a fait changer mais il s'était passé quelque chose. Il n'était plus le même. Peut-être avais-je gagné son respect ? Honnêtement, je ne sais pas mais après ça, notre relation a été beaucoup plus agréable. J'ai toujours été trop impressionné par le bonhomme pour être très à l'aise avec lui. C'était la même chose avec Marcel Desailly. J'avais trop de respect pour eux pour me considérer comme leur copain.

C'est sous l'ère Jacques Santini que j'ai marqué mon premier but avec les Bleus, le 6 septembre 2002 contre Chypre. Ce n'est certainement pas le plus beau de ma carrière (un pointu) mais c'est celui qui m'a donné le plus d'émotions. C'était ma première titularisation en équipe de France. C'était surtout un match des éliminatoires pour l'Euro 2004 au Portugal. Il ne fallait pas se louper pour le coup. Après la catastrophe asiatique, on devait repartir du bon pied et recréer une dynamique positive.

Cette victoire 2-1 nous avait relancés. Moi, je marchais sur l'eau ! Je venais de qualifier Auxerre pour la Ligue des champions, en marquant mon premier but dans cette compétition, dans le tour préliminaire, face à Boavista.

Malheureusement, quelques mauvaises entorses allaient ensuite me tenir éloigné des terrains. Pas très longtemps. Je ne me suis jamais laissé faire par la malchance.

En 2003, j'ai gagné un titre avec les Bleus. On a remporté la sixième Coupe des Confédérations, qui se déroulait en France. Ça aurait pu être un souvenir fantastique sans la mort de Marc-Vivien Foe le 26 juin à Lyon. Il s'était effondré sur la pelouse de Gerland, victime d'une crise cardiaque. Quelle tristesse ! C'était un vrai gentil. Un super mec. L'Indomptable avait été dompté par son destin, à 28 ans. On avait dû jouer notre demi-finale contre la Turquie une heure après le drame. The game must go on ! On l'avait jouée avec les larmes aux yeux, un nœud dans le ventre, et gagnée sans triomphe. On lui avait tous dédié le but de « Titi », en levant un doigt vers le ciel. Ce qui m'a vraiment bouleversé, c'est de voir la tristesse de Steve Marlet. Lui et sa femme avaient été dévastés par la mort de leur ami, dont ils étaient très proches. Steve a été très important pour moi à Auxerre : il avait joué le rôle de grand frère et m'avait ouvert la porte du football professionnel, côté vestiaire. Je n'oublierai jamais la main qu'il m'a tendue. Le voir s'écrouler comme ça m'avait beaucoup ému.

Notre finale face au Cameroun était empreinte d'une grande émotion. Le Stade de France était en deuil avec l'équipe africaine : on avait observé une minute de silence, tous réunis sous la photo de Marc-Vivien. On aurait voulu gagner cette Coupe dans d'autres circonstances. Notre capitaine, Marcel Desailly, avait invité sur le podium son homologue Rigobert Song pour brandir le trophée avec nous. C'était le cadeau fait à Marc-Vivien Foe. Qu'il repose en paix.

Au stade Félix-Bollaert, une avenue porte son nom et un mur peint le représente, lui et l'Afrique. Il y est inscrit : « Un lion ne meurt jamais, il dort. » Ce proverbe camerounais est inscrit dans mon dos pour toujours. Le souvenir de Marco est inscrit dans mon cœur à jamais.

Pour revenir à l'équipe de France, il me reste en tête ce match contre la Suisse en octobre 2005. Il fallait au minimum un match nul, sinon une victoire pour nous qualifier pour la Coupe du monde en Allemagne. Au moment de mon entrée, alors que j'avais remplacé Vikash Dhorasoo, "Zizou" m'avait lancé : « Allez, c'est toi qui nous qualifies. Joue tranquillement ton football. Ce soir, tu marques. » Six minutes plus tard, je donnais raison à mon capitaine en inscrivant le premier but de cette rencontre. Malheureusement, on avait été rejoints au score. Malgré ma déception, "Zizou" m'avait félicité à la fin du match.

Ça m'est resté. Je l'écoutais religieusement, c'est vrai. J'étais tellement fier de jouer à ses côtés ! Quatre jours plus tard, on décrochait le précieux sésame d'une qualification pour la Coupe du monde 2006 en écrasant Chypre à domicile. Raymond Domenech se souvient de moi essayant de marquer à tout prix.

Je pense n'avoir jamais raté autant d'occasions que durant ce match. Je voulais tellement marquer que je n'avais même pas entendu l'arbitre siffler quand j'ai fini par y arriver. Sauf qu'il avait sifflé avant ! C'en était presque comique. Je ne pense pas avoir rigolé pour autant.

Ce que j'ai pu râler… Je suis assez connu pour ça. Je dois reconnaître qu'en équipe de France, mes manifestations de contrariété étaient plus discrètes. Je suis un râleur dans l'âme mais peut-être qu'au fond de moi, il y avait une barrière naturelle. Je n'allais quand même pas reprocher un mauvais ballon à « Zizou » ! J'ai eu le privilège de côtoyer les Christophe Dugarry, Marcel Desailly, Youri Djorkaeff, Lilian Thuram… Et Zinédine Zidane. Que ces messieurs me pardonnent si je précise : surtout Zidane.

J'aime beaucoup Sylvain Wiltord. C'est vraiment un très bon pote. Quand on m'avait dit que j'allais partager sa chambre à Clairefontaine, j'avais été un peu impressionné. Quelques mois plus tôt, je le regardais encore marquer des buts à la télévision. J'adorais ce mec sans le connaître. Il était rentré dans la chambre alors que je regardais une comédie africaine sur mon ordinateur. Il s'était mis spontanément à côté de moi pour la regarder et rire de bon cœur. Dix minutes plus tard, c'était comme si on se connaissait depuis toujours. Après la Coupe du monde, il était venu en vacances chez moi, dans le Sud. Il connaît toute ma famille. Nous avons une très belle relation, sans nous parler quotidiennement.

Je pense qu'en amitié, on n'a pas besoin de se voir constamment. Il suffit de se croiser pour que la conversation reprenne comme si on s'était quittés la veille. On partage des moments assez exceptionnels dans le football.

L'équipe de France a toujours pu compter sur moi. Jamais je n'aurais pensé à refuser une sélection. À mon sens, on n'a pas le droit de refuser les Bleus. C'est trop puissant ! Même si j'avais été le vingtième choix, s'il y avait eu des blessés devant moi, je serais revenu en courant.

J'aimais tellement jouer en bleu que j'avais accepté de rejoindre les Espoirs en 2003 alors que j'étais déjà avec les « grands ». Raymond Domenech m'avait demandé d'aller leur donner un coup de main face au Portugal, pour les qualifications de l'Euro 2004. J'étais ravi de retrouver Gaël Givet, mon pote d'enfance. Ravi de pouvoir aider une équipe plus jeune et non moins bonne.

Il suffisait d'un match nul pour envoyer l'équipe en Allemagne. Après avoir encaissé un but de Cristiano Ronaldo, on est revenus au score, dix minutes plus tard. J'avais marqué le but de l'égalisation et donc de la qualification. Tout allait bien. Depuis sa ligne de touche, Raymond Domenech nous avait demandé de rester calmes. C'était un match sans risques, sans pression, il fallait juste ne pas répondre aux provocations. Pourquoi n'ai-je pas suivi les consignes ? Pourquoi ai-je pété un plomb en mettant ce coup de pied à Mario Sergio ? Allez demander à « Zizou » pourquoi il a mis ce coup de tête en pleine finale de la Coupe du monde ! Il n'y a pas d'explications, juste des conséquences.

Honnêtement, sur le coup, je ne pensais pas mériter un carton rouge. Après avoir revu les images, j'étais déjà moins fier. J'avais déconné. Si je méritais l'expulsion, je ne méritais quand même pas cinq matches, ramenés à quatre en appel. J'ai vu, dans le football, des gestes bien pires que le mien et nettement moins punis. J'ai bien trinqué !

Raymond Domenech pense que je ne méritais pas une telle sévérité : « Djibril avait tellement envie de gagner, de montrer quelque chose qu'il s'est laissé emporter. Même s'il a fait le con, j'ai trouvé que l'arbitre anglais s'était montré particulièrement dur. C'était, de mon point de vue, un règlement de comptes contre les Français. C'est connu et tous les joueurs tricolores évoluant en Premier League vous le diront : les arbitres anglais n'ont pas la même façon d'arbitrer face à un joueur français. »

Tout ça m'a coûté très cher. Je suis passé d'homme providentiel à homme à abattre en trois minutes. Expulsé, j'avais privé mon équipe de ses espoirs et d'une qualification. Après le premier but de Cristiano Ronaldo, Bruno Alves avait marqué le but qui nous mettait à égalité de points après un match aller gagné 2-1. La séance de tirs au but nous avait privés de la qualification. Cristiano et ses coéquipiers avaient fracassé leur vestiaire tant ils étaient heureux. Ça avait fait polémique à l'époque. Moi aussi, j'aurais bien tout cassé, mais pour d'autres raisons.

Sanctionné, j'avais privé mon équipe d'une qualification et je m'étais privé d'une compétition qui devait être la mienne avec les A. J'étais en pleine forme mais comme il n'allait pas y avoir de matches avec les Bleus avant le championnat d'Europe, ma suspension serait effective en plein dedans.

J'ai raté l'Euro 2004 au Portugal pour une connerie difficile à digérer. Ce n'est pas tellement le carton rouge que j'ai reçu qui m'a agacé mais tout ce qu'on a pu faire comme bordel autour de cette affaire. J'ai vécu tout ça comme une injustice. Avec le recul, je peux même dire que cette suspension m'a fait plus mal que ma blessure. Je ne mesurais pas l'importance de ce rendez-vous manqué. D'autant que j'allais aussi louper le suivant.

Cristiano est devenu un très grand. Nous nous sommes affrontés toute notre carrière, dès les rencontres de moins de 15 ans. Je l'ai affronté en Angleterre avec Sunderland quand il jouait encore pour les Red Devil. J'ai toujours eu de bons rapports avec lui sans jamais créer de liens d'amitié. Nous avons de bonnes affinités. En tout cas, je respecte son parcours parce qu'il a travaillé dur pour arriver là où il est aujourd'hui ! Quelque 500 buts, c'est juste énorme !

Je me souviens que lors du match aller au Portugal avec les Espoirs en 2003, son public le sifflait à chaque fois qu'il avait le ballon. Je ne sais pas pourquoi mais ça m'avait choqué. C'est vrai qu'il jouait trop perso à l'époque. Même nous, on avait envie de lui dire « Passe la balle ». Mais il marquait déjà beaucoup de buts.

Il m'impressionne parce que c'est un gros bosseur. Bien sûr qu'il a du talent mais je répète que ça n'est pas suffisant. Par exemple, son coéquipier Ricardo Quaresma avait plus de talent que lui mais il n'a pas fait du tout la même carrière. Un phénomène qui n'a pas eu la même trajectoire parce que probablement moins bosseur. Cristiano a entraînement à 10h, il arrive à 8h pour bosser. C'est le premier arrivé et le dernier parti. C'est peut-être ce que je lui reproche face à Messi. Chez Cristiano, on sent le travail ; chez Lionel Messi, ça semble tellement plus naturel, plus facile, plus fluide. Après, en termes d'efficacité, ce sont deux génies qui forcent le respect mais j'ai une petite préférence pour Messi. C'est tellement beau, ce qu'il fait. Des joueurs comme ça, ça n'arrive que tous les 100 ans ! Ce que fait Ibrahimovic est formidable mais il n'est pas dans la même catégorie.

C'est vrai que c'est impressionnant de voir la vitesse qu'il a dans ses déplacements. Pour un grand gaillard comme ça, ce n'est pas rien. Mais ce n'est pas au niveau des deux autres. Il y a Cristiano, Messi et il y a les autres.

En mai 2008, malgré une bonne fin de saison avec Marseille, je n'étais manifestement pas au mieux de ma forme. Raymond Domenech avait établi une liste élargie de trente joueurs parmi lesquels sept seraient écartés pour l'Euro en Autriche et en Suisse. Après quelques jours de stage à Tignes, il y avait un match amical contre l'Equateur, le 27 mai au Stade des Alpes de Grenoble. Je savais que Bafétimbi Gomis avait gagné sa place avec le doublé qu'il venait de marquer, alors que j'étais sorti bredouille pour qu'il me remplace. C'était beau pour une première sélection !

Suite à ce match, le sélectionneur nous avait prévenus qu'il annoncerait sa décision personnellement à chacun des joueurs évincés. Il allait venir les voir dans leur chambre, un par un. Ce fou de Samir Nasri avait fait le con en s'amusant à frapper à toutes les portes. Le moment était vraiment mal choisi pour les blagues potaches mais Samir était jeune. Quand j'ai entendu frapper à ma porte, j'ai pensé que c'était lui. Mais non, c'était Raymond, Pierre Mankowski et un autre membre du staff. Je n'avais même plus envie d'entendre ce que le coach avait à me dire. Sans discuter, j'avais juste demandé comment ça allait se passer pour rentrer à Paris. C'était dur pour moi. Pour lui aussi, je le sais.

Il ne faut pas blâmer celui qui a décidé de mon éviction. C'était à moi de me montrer incontournable pour forcer sa décision. Le rôle d'un sélectionneur, c'est de garder les meilleurs à un moment donné et non ceux qu'on aime bien quand ils sont mauvais. Qui va apporter le plus à l'équipe ? Ce jour-là, ce n'était pas moi. Il ne pouvait pas me sélectionner, malgré notre relation affective. Il n'avait pas eu d'états d'âme à ce moment-là, se résignant à penser que c'était comme ça. Je m'étais dit la même chose. Les états d'âme en plus. J'avais fait ma valise, comme Mickaël Landreau, Mathieu Flamini, Alou Diarra, Philippe Mexès, Hatem Ben Arfa et Julien Escudé. On était partis en hélicoptère, sans dire un mot.

J'ai raté pas mal de rendez-vous avec l'équipe de France mais ce n'est pas ce que j'en retiens. J'ai surtout vécu des moments inoubliables avec des gars que je n'aurais jamais côtoyés autrement. C'est ça aussi, le football : réunir des hommes très différents sur le papier mais dépourvus de leurs étiquettes sur le terrain. Des hommes qui n'ont rien en commun, a priori, mais tout à partager en vérité. On pouvait venir de cultures très différentes avec des parcours très éloignés. Au bout du compte, on finissait toujours par trouver un terrain d'entente.

Grégory Coupet partageait la même passion que moi pour les voitures. Je me souviendrai toujours de ce Hummer blanc qu'il voulait me racheter à tout prix. Je n'étais pas vendeur et c'était devenu un sujet de blague entre nous. J'aimais bien ce mec, très posé. Tranquille.

Que dire de cette soirée où j'étais arrivé au VIP Room à Paris, un quart d'heure après le départ de Fabien Barthez ? Jean Roch lui avait passé un coup de fil pour lui dire que je venais d'arriver. Le « Divin chauve », qui avait une chronique à assurer le lendemain à *Téléfoot*, avait fait demi-tour pour venir me claquer la bise. Je me souviens d'avoir pensé que je devais être un bon gars pour qu'un tel bonhomme prenne le temps de revenir dans un endroit qu'il venait de quitter juste pour me dire bonjour.

Jouer avec Thierry Henry a été un honneur. Il incarnait pour moi l'attaquant moderne type. Pouvoir le côtoyer et apprendre à ses côtés a été un privilège. La cerise sur le gâteau, c'est qu'on s'entendait très bien. J'étais toujours dans sa chambre pour y rigoler ou écouter de la musique. On s'appelait régulièrement pour parler ballon. Maintenant que nous sommes tous les deux retraités, on partage d'autres choses. Nos conversations tournent autour de nos vies, avec un ton toujours très léger : lui et moi sommes restés des gamins et on rigole beaucoup. Contrairement à ce qu'on peut penser, « Titi » est très drôle et il ne se prend pas du tout au sérieux. Les Français le connaissent si mal ! C'est vrai qu'il n'a pas joué en France longtemps car il est parti tôt. Il n'avait que 22 ans quand il a signé à la Juventus. Mais on ne peut pas oublier ce qu'il a fait en équipe de France.

Je n'ai jamais compris comment on a pu cracher sur un mec comme lui. Cette fameuse main contre l'Irlande, lors du barrage retour des éliminatoires du Mondial 2010, est malheureuse mais elle n'est que le résultat d'une grande envie de qualifier son équipe. Ça tient plus du réflexe que de la triche. Il voulait tellement qualifier son équipe ! Que les autres lui crachent dessus, d'accord, mais pas son propre pays ! On aurait dû le soutenir et non lui tomber dessus comme on l'a fait. Honnêtement, s'il avait fallu mettre les deux mains pour qualifier mon pays pour la Coupe du monde, j'aurais mis les deux mains. Je ne suis pas un tricheur mais j'essaie de défendre un ami que notre pays a laissé tomber. Parce que moi, j'ai compris son envie. À défaut de lui trouver des excuses, on pouvait au moins lui témoigner notre soutien. Je n'ai vraiment pas compris ce lynchage national. On ne pouvait pas oublier du jour au lendemain l'élégance de ce footballeur dont on avait toujours vanter la beauté des gestes. Les Britanniques ne l'ont jamais oubliée, eux : Thierry Henry doit être le seul Français qui a une statue à son effigie en Angleterre.

En France, « Titi » a été un incompris. On lui a reproché son individualisme sur le terrain et son arrogance dans sa façon de célébrer ses buts. Tout le contraire du mec que moi, j'ai la chance de connaître. J'ai eu ce même problème avec mon image, donc je suis peut-être plus à même de comprendre. Je vous l'ai dit plus haut : un attaquant, c'est un joueur à part, sur les épaules duquel repose le succès. Comme la défaite. Qui aurait envie de voir un Djibril Cissé ou un Thierry Henry timide et effacé sur un terrain ? C'est avec la rage de notre détermination qu'on est allés chercher des victoires. Grâce au soutien de notre équipe. Il aurait été bon d'être soutenu envers et contre tous par les supporters. Thierry Henry a été l'un des meilleurs attaquants de sa génération : 411 buts ! Un grand amoureux du football. Il le connaît sur le bout des doigts. D'ailleurs, il le prouve en étant devenu un consultant de choix pour la chaîne anglaise Sky Sports.

Il y a plusieurs façons de vivre le football : un ancien joueur sera un bon chroniqueur s'il arrive à transmettre son vécu et à comprendre les sensations des joueurs qu'il observe. C'est une bonne manière de partager son expérience et de donner son avis en étant légitime. Être consultant n'est pas donné à tout le monde.

Je trouve que Frank (Leboeuf), « Liza » et Marcel (Desailly) s'en sortent très bien. Avec une petite préférence pour « Duga » que je trouve très à son aise. Il sait de quoi il parle et il en parle bien. Certains lui reprochent une certaine sévérité mais Christophe a toujours eu son franc-parler. On ne l'a pas engagé pour faire de la littérature mais pour apporter quelque chose. Je trouve qu'il remplit très bien son rôle. Il est parfois un peu virulent mais il ne fait de mal à personne. Il est dur mais pas méchant.

Chapitre 7

Le lion et l'OM

Le 7 juin 2006, j'ai senti ma jambe se briser et j'ai tout de suite su que c'était fini pour moi. Patrick Vieira était venu me dire de me lever mais je lui avais répondu que malheureusement, ça n'allait pas être possible. Quand la civière est venue me chercher, j'ai pensé à ma mère devant sa télé. Elle devait être folle d'inquiétude, alors je l'avais appelée pour la rassurer. Rien de grave, juste une double fracture tibia-péroné. Rien que je ne connaisse déjà. Rien dont je ne me sois déjà remis.

Pour cette deuxième blessure, ce qui m'a le plus dérangé, c'est le mauvais timing. Le moment auquel ça m'est arrivé. Je savais déjà que j'en avais pour six mois : opération, rééducation, retour sur le terrain. Dans ma tête, j'étais plus fort que pour la première blessure, parce que je savais exactement par quoi j'allais passer pour revenir. Paradoxalement, ça m'avait moins ennuyé. Si cela avait été ma première blessure, juste avant de partir pour une Coupe du monde, je l'aurais probablement très mal vécu.

J'avais bossé dur pour faire mon trou dans cette équipe qui comptait les meilleurs attaquants français. Si je ne pouvais pas rivaliser avec Thierry Henry ou David Trezeguet, je pouvais du moins briguer leur succession. J'ai toujours accepté le fait qu'ils étaient les patrons. J'avais toutefois envie de porter le maillot bleu aussi bien qu'eux. J'étais revenu au meilleur niveau après ma blessure et j'avais gagné ma place en équipe de France. Voilà qu'elle m'échappait à un jour du départ pour l'Allemagne. Reconnaissez que c'est plutôt cruel ! Mais je ne me suis pas laissé abattre par ce coup du sort. Il y a quand même plus grave dans la vie.

Alors que j'attendais de partir à l'hôpital, Jean-Louis Legrand était venu me soutenir à l'infirmerie. Il avait pris ma tête entre ses mains pour rester éloigné de cette jambe droite qui portait si mal son nom à ce moment-là. En effet, l'angle improbable de mes os faisait peur à voir. Le pauvre ! Il ne savait pas quoi me dire, alors il m'avait juste promis qu'adidas me soutiendrait encore. Toujours. J'avais eu envie de le rassurer. J'avais saisi ses poignets et je lui avais promis à mon tour de revenir au meilleur niveau le plus vite possible.

Ma chance, c'est que j'avais déjà disputé une Coupe du monde. Heureusement. Sinon, ça aurait été vraiment violent psychologiquement. Cette blessure m'a contrarié mais j'étais préparé à ce qui m'attendait pour la suite. J'étais déjà passé par là.

Pour tenir, tu t'appuies sur tout ce que tu peux prendre. Le président de la République, Jacques Chirac, m'avait appelé à l'hôpital pour me témoigner son soutien. Ça m'avait fait plaisir, même si je ne me souviens plus trop de ce qu'il m'a dit. J'étais bien shooté aux médicaments quand même.

Quand Olivier Fichez m'avait appelé de Saint-Raphaël pour me témoigner son soutien, je lui avais expliqué que je n'étais pas du tout au fond du trou. Alors que j'attendais d'attaquer ma rééducation, il y avait quelqu'un, dans une autre chambre d'hôpital, qui espérait la rémission face au cancer. Moi, je savais que j'allais rejouer au football dans six mois. Il y avait des gens qui se battaient pour rester en vie. Je pouvais facilement relativiser.

J'ai suivi la Coupe du monde à la télévision, avec beaucoup d'enthousiasme. Ma famille n'osait pas allumer la télé à l'hôpital de peur que ça ne me fasse mal au cœur mais je voulais voir mon équipe faire de grandes choses. Je n'ai jamais été un jaloux, un envieux. Chacun était à sa place. Dieu en avait décidé ainsi. Peut-être pour m'épargner quelque chose de plus grave. La seule chose qui m'a fait un peu grincer des dents, c'est que ça m'est arrivé la veille du départ. C'était quand même dur ! Je l'aurais mieux pris si ça m'était arrivé deux semaines plus tard, pendant la compétition. Un jour avant de partir, c'était limite de la torture.

Tu peux être très bien entouré, accompagné par les meilleurs docteurs et autres kinés, la vérité, c'est que tu es tout seul. Tout le monde te soutient, t'encourage et cherche à te rassurer mais tu es le seul à travailler en ce sens. C'est toi qui te pousses à aller aux soins, pour recommencer des exercices que tu as faits la veille. C'est ennuyeux au possible. Mais je n'ai rien lâché. On ne m'avait pas enterré la première fois, je survivrais encore la deuxième.

Ma mère était dans tous ses états. Ce qu'elle a pu maudire ce pauvre Chinois ! Elle cherchait un coupable à cette catastrophe. On ne pouvait pas subir une telle blessure deux fois. Elle avait appelé en Côte d'Ivoire pour savoir s'il n'y avait pas une affaire de maraboutage derrière tout ça. Ma grand-mère lui avait répondu que ça devait être mon destin et que ce mauvais coup du sort allait sans doute m'en épargner d'autres. Je rejoins mon aïeule sur cette façon de voir les choses : j'ai toujours été un grand optimiste qui voit le stade à moitié plein plutôt que partiellement vide.

Abou avait lui aussi cherché des explications. De son côté, il avait appelé Jean-Louis, chez adidas, pour essayer de savoir si mes nouvelles chaussures à lamelles pouvaient être mises en cause. Mais la Predator n'avait rien à voir là-dedans.

C'est à mes médecins que je dois d'avoir trouvé l'explication. Quoi qu'on ait pu dire à mon sujet, je n'ai pas les os fragiles. Bien au contraire ! Ils sont trop durs. On a pratiqué sur moi une densitométrie : cet examen radiologique permet d'étudier la masse de calcium contenue dans l'os. Dans sa carrière, Olivier Fichez n'avait jamais vu un taux aussi exceptionnellement élevé que le mien. Mes os sont tellement denses qu'ils n'ont aucune flexibilité. Ils sont très solides. Trop solides pour plier. C'est pourquoi ils avaient cassé net quand j'avais reçu ces coups au mauvais endroit. Un peu comme pour une branche d'arbre : si vous appuyez bien au milieu, elle se casse avec une angulation très forte. C'est ce qui est arrivé à mes jambes. Ça se voit très bien quand on regarde les images. Ce ne sont évidemment pas mes préférées dans ma collection de vidéos.

Nous, les Africains, avons des choses à faire quand il nous arrive des problèmes à répétition. Je me devais d'aller en Afrique pour y remédier. J'avais besoin des bénédictions de ma grand-mère, que je n'avais jamais rencontrée. J'avais souvent reporté ce retour aux racines à cause des rapports conflictuels que j'avais avec mon père.

À mon arrivée à l'aéroport d'Abidjan, le 6 août 2006, j'avais été subjugué par le monde qui était venu m'accueillir. Il y avait même des gens sur le tarmac ! On me donnait vraiment beaucoup d'importance. C'était un moment très, très fort.

Gbi De Fer était là, je n'en revenais pas ! C'est notre Gad Elmaleh national. Je connais tous ses sketches, tellement je suis fan. Et il était là, à ma descente de l'avion. On ne pouvait même pas sortir avec ma mère, tellement il y avait du monde. Ça faisait la fête, comme si on avait gagné quelque chose. C'était incroyable !

À mon arrivée en Côte d'Ivoire, j'avais été convoqué au palais par le président Laurent Gbagbo. Il m'avait demandé de me réconcilier avec mon père car cette brouille ne pouvait plus durer. Elle faisait les choux gras des journaux et il estimait qu'il était nécessaire d'y remédier. J'étais le mauvais fils. Les gens n'étaient pas au courant de la situation et je n'avais pas envie de me justifier.

Déjà, quand il était venu me rencontrer à Auxerre au début de mes années pro, je n'avais pas souhaité faire sa connaissance. J'étais trop en colère contre lui. Toutes les excuses du monde ne pouvaient pas effacer l'abandon et quinze ans d'absence. Comme je l'ai dit précédemment, il ne m'avait pas manqué.

Par respect pour le président et encouragé par mon frère, j'avais accepté la rencontre. Une conférence de presse avait été organisée avec mon père, ma mère et moi. Nous avons fait la paix devant le peuple ivoirien. Dans la culture africaine, on ne peut pas concevoir qu'un fils ne parle pas à son père. Voilà, j'avais calmé l'opinion publique mais est-ce que cela avait changé quelque chose pour moi ? J'avais besoin qu'on me lâche un peu avec ces histoires. Je me suis montré respectueux. J'avais besoin, désormais, qu'on respecte mon choix. J'étais le fils de ma mère, un point c'est tout.

Et le petit-fils de ma grand-mère ! Cette femme était fantastique. On ne parlait pas la même langue mais on se comprenait avec les yeux. On se tenait constamment la main. Impossible de nous séparer. Même le président n'y était pas arrivé. Il avait demandé à me voir en privé dans son bureau. Ma mère et ma grand-mère devaient m'attendre dans le couloir. Si on ne laissait pas entrer

« la vieille » (c'est un terme affectueux chez nous) avec moi, je partais avec elle ! Ma mère était choquée que j'ose rembarrer le chef de la Nation mais dans le fond, ce n'est pas pour lui que j'avais fait le déplacement. Ma famille était ma priorité et sans vouloir être insultant, je ne me souciais que très peu du protocole. Ma venue en Côte d'Ivoire n'était pas une visite officielle. Finalement, sur les photos de cette rencontre, on peut me voir en compagnie de ma mère et de ma grand-mère. Je n'avais pas de secrets pour elles.

Je devais rendre visite à tous les membres de ma famille et à chaque fois que je m'arrêtais devant l'une de leurs maisons, il y avait plus de 1 000 personnes qui m'empêchaient de descendre de la voiture, tant elles étaient contentes de me voir. C'était délicat parce que j'avais mes béquilles. J'étais accompagné d'un « garde du corps » qui se croyait obligé de mettre des coups de ceinture à tout-va pour qu'on me laisse passer. Je n'avais jamais vu ça. C'était vraiment quelque chose, tout cet amour qu'on me donnait. J'avais senti qu'ils étaient sincèrement fiers de moi, de ma notoriété. Ce n'était pas feint de leur part, comme ça peut parfois être le cas ailleurs. L'accueil qu'on m'a réservé à Abidjan m'a vraiment fait chaud au cœur. Ils étaient si nombreux…

Je côtoyais des gens avec des sentiments sincères envers moi. Je retrouvais une partie de ma famille, tous mes cousins, mes cousines, mes tantes. J'étais chez moi. En mettant les pieds en Afrique pour la première fois, j'avais d'abord senti le poids de mes origines. Très rapidement, avec l'accueil qui m'était réservé, j'avais compris que j'étais à la maison.

Je dois être le plus africain de ma famille alors que je suis né en France. J'ai toujours écouté de la musique africaine, regardé les comédies ivoiriennes, suivi les artistes africains. J'aime leurs expressions, leur parler, leurs attitudes. Bien que je me sente très français, je me suis identifié naturellement à la culture africaine. Mes racines ont une résonnance particulière et créent un attachement fort avec un pays où je ne suis allé que deux fois. Pour moi, c'est important. Ma mère n'a pas eu le temps de nous apprendre à parler dioula et je le regrette. Il n'est jamais trop tard pour y remédier.

C'est clair, l'Afrique m'a changé. J'ai vu des choses, des attitudes qu'en France, on n'a pas l'habitude de voir. Là-bas, tu penses autrement. Depuis, je suis devenu plus sensible, plus attentif à des petits détails de la vie quotidienne qui m'échappaient avant. Je suis un homme changé.

Je constate aussi qu'avant ce voyage, j'ai eu deux blessures importantes qui m'ont écarté des terrains pour une longue période. Depuis, plus rien. C'est un signe, j'en suis sûr. De son vivant, mon père me disait qu'il fallait que j'aille me ressourcer au pays. Au début, je n'avais pas voulu lui donner raison. C'est ma mère qui m'a convaincu.

Quand j'y suis retourné, en octobre 2009, c'était pour enterrer mon père. J'étais triste pour ma mère, mes frères et sœurs qui, eux, le connaissaient, ayant partagé des moments avec lui. Sans méchanceté aucune, pour moi, c'était l'enterrement d'un inconnu.

Il fallait que je fasse venir ma grand-mère en France pour qu'elle rencontre tous ses petits-enfants. Et arrière-petits-enfants. Ça aurait été trop compliqué de se déplacer en Afrique. J'avais décidé de faire la surprise à ma mère, en organisant le voyage de « la vieille » avec la complicité de mes tantes et de mes oncles.

On avait perdu l'habitude d'être tous réunis. Quand j'avais invité ma mère à la maison pour une fête familiale, elle s'était demandé si j'avais quelque chose de grave à annoncer.

En arrivant chez moi, à Marseille, elle avait été rassurée par le fait que j'avais fait une belle décoration. On n'annonce pas une mauvaise nouvelle avec de jolis bouquets de fleurs sur les tables. Peut-être allais-je annoncer que j'avais signé dans un grand club et que j'allais partir à l'étranger.

Toutefois, elle n'avait pas compris pourquoi j'avais fait venir absolument tout le monde. Le secret avait été bien gardé. J'étais super excité. J'avais demandé à ma grand-mère de se cacher avec ma tante dans la buanderie. Puis j'y avais envoyé ma mère pour soi-disant récupérer un plateau de petits fours. En ouvrant la porte, elle était tombée nez à nez avec sa maman et sa sœur. L'émotion l'avait tellement submergée qu'on avait eu peur pour son cœur ! Kady était comblée et moi, j'étais le plus heureux des fils. « Tu es heureuse, Maman. Ça te fait plaisir ? » J'avais de nouveau 8 ans et comme à l'époque, je cherchais à tout prix à mettre un sourire sur son visage.

Ma grand-mère était restée un mois à Arles avant de retourner au pays. Alors qu'elle avait plus de 100 ans, elle était tombée gravement malade. J'avais payé les billets d'avion pour que ma mère et ma tante puissent aller à son chevet. Elle était morte la semaine suivante. Je ne suis pas encore allé me recueillir sur sa tombe. J'espère y aller très bientôt. La Côte d'Ivoire me manque.

De retour à Saint-Raphaël, après mon premier voyage en Afrique, j'étais plus fort que jamais. Je m'étais accroché à ma volonté de revenir au plus vite et au fait que je venais de signer à Marseille après de longues négociations. J'allais enfin porter le maillot que j'aimais depuis l'enfance. Mon club de cœur depuis que j'étais minot. Que mes supporters d'Auxerre n'en prennent pas ombrage : j'ai le cœur assez grand pour qu'ils y aient toujours leur place.

Les dirigeants marseillais avaient été formidables en m'assurant que j'avais leur soutien, malgré ma jambe cassée en deux. Eux aussi avaient voulu croire en mon retour et ça m'avait beaucoup aidé. Le président Pape Diouf m'avait appelé pour me renouveler sa confiance. Il n'avait pas oublié les sacrifices que j'avais faits sur mon salaire. J'avais joué le jeu et Pape avait tenu sa parole en maintenant la signature.

Rien que pour ça, je ne pouvais rien lâcher. Je me devais de travailler dur pour retrouver le Vélodrome avec mes nouvelles couleurs. Je voulais arriver à l'OM flambant neuf, le plus vite possible.

À la fin de ma convalescence, j'avais été approché pour tourner une scène dans *Taxi 4*. La production s'était rapprochée de Frank Hocquemiller, mon agent d'image. Quand Luc Besson m'avait appelé en personne, je lui avais raccroché au nez ! Il était improbable, à mes yeux, qu'il m'appelle en personne. Il avait rappelé et dans la foulée, croyant toujours à un canular, j'avais encore raccroché. Frank m'avait alors confirmé qu'il s'agissait vraiment de Luc Besson. J'avais dû m'excuser avant d'accepter sa proposition. J'étais mortifié de honte mais mettez-vous à ma place ! Ce n'est pas tous les jours que le réalisateur de *Nikita* vous passe un coup de fil.

Le tournage s'était très bien passé. J'avais trouvé ça sympa. Il avait juste fallu faire appel à un sosie pour les scènes de jeu car je n'avais pas encore repris le football et ma blessure ne me permettait pas encore de courir ballon au pied.

J'ai eu la chance d'avoir affaire à des gens de parole à l'OM. Des hommes de grande classe. Je n'ai pas aimé tout ce que j'ai pu lire dans la presse à leur sujet. Pape Diouf et José Anigo sont des hommes qui resteront à jamais dans mon cœur. Si ce qu'ils disent ne plaît pas toujours, ils ont le mérite de toujours le dire en face. J'aime ça. En mai 2015, José Anigo s'est exprimé à mon sujet dans *France Football* et ça m'a beaucoup ému.

« Djibril Cissé, j'ai eu la chance de l'avoir quelque temps à Marseille. J'ai pu constater quel guerrier il était. Après sa fracture tibia-péroné, il a bossé comme un malade pour revenir au premier plan et il y est parvenu. Beaucoup auraient jeté l'éponge mais lui l'a fait. Il a à nouveau marqué des buts et a pu redevenir international. J'avoue avoir eu, à ce moment-là, énormément d'admiration pour lui.

En tant qu'homme, il est très différent de l'image qu'il renvoie. C'est un mec bien, que ce soit dans le vestiaire ou en dehors. Il a un cœur immense. Il est toujours prêt à faire une bonne action, sans forcément que celle-ci soit médiatisée, et il participe à pas mal d'œuvres caritatives. Je l'ai vu faire du bien à des familles en détresse avec des enfants extrêmement malades et ça, je ne peux pas l'oublier. Croyez-moi, beaucoup d'autres avec le même niveau de vie ne se préoccupent guère du sort des autres. Djibril va vers les gens et ce, malgré son statut de star du foot. Il possède ce côté humain que j'aime.

Ces dernières saisons, son corps lui a envoyé des signaux. Il est en fin de cycle et il arrive au moment où il va falloir qu'il admette que ça se termine, même si sa passion reste intacte. Malheureusement, les douleurs qu'il ressent au quotidien le renvoient à la réalité. Il a eu une carrière magnifique et plutôt que de finir en eau de boudin, il faut savoir sortir avec les honneurs et s'en aller en laissant une bonne impression. Il va certainement encore recevoir des propositions exotiques alléchantes financièrement mais pour lui, cela restera difficile physiquement.

Il restera l'un des meilleurs buteurs du foot français. Il a approché le cercle fermé des joueurs qui ont franchi la barre des 100 buts en Ligue 1 et même s'il ne l'a pas franchie, il ne doit pas vivre cela comme un échec. L'histoire du foot n'en a pas voulu ainsi mais son parcours est tellement beau ! En aucun cas, ça ne ternit une aussi belle carrière. En tant que buteur, il laissera des stats et une trace indélébiles dans l'histoire du foot national.

Le seul bémol de cette saison reste sa non-participation à la finale de la Coupe de la Ligue Bastia-Paris SG.

C'était pour lui une sortie idéale. Ne pas l'avoir vu dans le groupe m'a fait mal pour lui. J'imagine donc sa déception. Pourtant, je l'ai trouvé digne et respectueux de son coach et de son club. Bref, égal à lui-même : classe ! Il s'en remettra comme il s'est remis de ses blessures. Et le passionné qu'il est reviendra certainement dans le monde du football, avec une autre casquette, pour transmettre son savoir et son expérience. »

Suite à cette chronique, j'ai appelé José pour le remercier. Le connaissant bien, je sais qu'il ne dit que ce qu'il pense et qu'il pense tout ce qu'il dit. Après toutes ces années, qu'il ait eu envie de me rendre hommage d'une si jolie manière, ça m'a bouleversé. Il fallait que je lui dise que dans ses mots, je m'étais reconnu. C'est bon de voir que quelqu'un s'en rappelle et qu'il le dise.

C'est rare de recevoir de tels hommages de son vivant. Généralement, les gens célèbrent ta mémoire quand tu n'es plus de ce monde. Les mauvaises langues diront que je ne suis plus dans le monde du football. Mais je ne suis pas mort. Un lion ne meurt jamais, il dort.

Contrairement à ce qu'on a pu penser et écrire, mon passage à l'OM n'a pas été un échec. C'est un club compliqué avec des supporters intransigeants. Ils n'ont pas de patience et veulent des résultats à chaque match. Avec les Marseillais, c'est « droit au but », un point c'est tout.

Mes débuts n'avaient pas été concluants. Je revenais de blessure, je devais reprendre mes marques petit à petit. En plus, j'étais revenu sur le terrain le 9 décembre 2006.

En plein hiver. C'est incompréhensible mais j'ai toujours connu une période creuse dans les mois les plus froids de l'année. Si on regarde chacune de mes saisons depuis que je suis devenu pro, j'ai régulièrement eu un passage à vide pendant l'hiver. À croire que je suis un ours et non un lion : j'hiberne ! Plus sérieusement, quand je commençais à manquer de réussite face au but, je devenais logiquement de plus en plus râleur. J'avais tellement envie de bien faire ! Surtout qu'avec le maillot de l'OM, j'avais l'impression de jouer chaque match à domicile. J'étais à la maison dans ce club qui m'avait fait rêver depuis l'enfance.

Certains supporters n'aimaient pas me voir gesticuler par contrariété. Ils voulaient me voir marquer et je ne les blâmais pas. Eux, en revanche, ne se contentaient pas de me siffler : ils allaient jusqu'à manifester leur mécontentement devant la maison de ma mère à Arles. « Oh, dites à votre fils de fermer sa g… et de marquer plus de buts ! »

Maman ne répondait pas à ces fous furieux mais ma tante aurait pu en découdre avec chacun d'entre eux si on ne l'avait pas retenue. Nous, les footballeurs, sommes habitués aux critiques comme aux compliments. Ça fait partie du jeu. Pour nos proches, c'est un peu plus difficile. Aucune mère n'apprécie qu'on parle mal de ses enfants. Les « haters » qui s'en donnent à cœur joie depuis qu'on leur a donné la parole sur les réseaux sociaux ne devraient jamais oublier que derrière chaque visage qu'ils insultent, il y a une famille que ça rend triste.

Personnellement, tant qu'on ne touche pas à mes

proches et à mes enfants, je suis imperméable à toutes ces âneries. Les sifflets dans le stade, c'est quand même différent. Ils signalent juste que je ne fais pas mon boulot. Il fallait que ça change. J'ai terminé la saison avec quatre buts lors des six derniers matches de championnat et un doublé en finale de la Coupe de France, face au FC Sochaux (2-2, 4-5 aux tirs au but). Cela avait suffi pour me réconcilier avec le Vélodrome et les voisins de ma mère.

J'ai mal commencé ma deuxième saison avec Marseille et les critiques ont recommencé à pleuvoir. Elles me contrariaient, bien sûr, mais je prenais beaucoup de plaisir à être là, à jouer avec de super joueurs avec qui je m'entendais très bien. Samir Nasri, André-Pierre Gignac et Mamadou Niang sont vraiment des gars chouettes.

Samir est comme un petit frère pour moi. On avait tout de suite accroché tous les deux. À force de mettre en avant ses coups de gueule, on oublie de parler de ses coups d'éclat. C'est un grand joueur et un bon mec. Si l'entente n'a pas toujours été évidente sur le terrain, dans la vie, nous sommes amis. Je n'ai jamais eu d'ennemi dans le football. Que des potes. Et des amis chers.

Je rappelle que j'ai terminé mes saisons à 15 et 22 buts toutes compétitions confondues. Ce n'est pas grandiose mais ce n'est pas minable non plus. Je sais que les supporters, eux, ont conscience de ça et qu'ils m'ont gardé dans leur cœur. Il suffit de voir les images de mon dernier match avec Bastia au Vélodrome, le 24 mai 2015. Je savais que ce stade avait du cœur et l'ovation que j'ai reçue de la part des Marseillais m'a beaucoup touché. Vous en connaissez beaucoup, vous, des joueurs qui se font ovationner après un échec ? Surtout au Vélodrome ! Ils avaient toujours été plus exigeants avec moi, ne me laissant rien passer. J'étais l'enfant du pays, je devais être irréprochable. Je ne leur en veux pas. J'ai évidemment ma part de responsabilité dans tout ça. Les supporters ne devraient pas oublier d'encourager les joueurs. De temps en temps, tu en as besoin.

J'avais de belles choses à faire là-bas, avec une belle équipe, mais le coach a fait ses choix. Je les respectais. Je n'ai jamais eu pour habitude de critiquer ou de tailler mes entraîneurs. À part Ghislain Printant, qui est allé très loin, mais j'en parlerai plus tard. Je n'étais pas dans les priorités d'Éric Gerets. Mon départ était la meilleure chose pour tout le monde.

En Angleterre, le club de Sunderland avait une petite équipe qui cherchait à grandir. Les dirigeants avaient vraiment envie de me voir venir et moi, j'avais vraiment besoin de me sentir désiré. J'ai fait l'objet d'un prêt. J'ai remercié Pape Diouf pour sa compréhension. Ce n'est pas toujours évident, pour un dirigeant, d'accepter de prêter un joueur. Il y a des considérations financières qui nous dépassent et dont lui doit absolument tenir compte. Mais mon président me laissait retourner jouer en Angleterre et je lui en savais gré. Here I come again, England !

Je me suis beaucoup plu à Sunderland. Je ne les connaissais pas encore, ne les ayant jamais joués avec Liverpool. Ils avaient de bonnes installations et un beau stade. J'y étais à mon aise. Du fait de mon titre en Ligue des champions, j'avais un statut mais aucune étiquette.

Je n'étais pas attendu comme une star : n'oublions pas que j'étais prêté. Après deux semaines d'entraînement, j'intégrais déjà le groupe, contre Tottenham. C'était le 23 août 2008. J'étais entré en jeu à la 65e minute et j'avais marqué le but de la victoire à la 83e. Plus que satisfaisant, c'était jouissif. Je n'allais pas faire une grande saison avec les Black Cats. Avec dix buts en trente-cinq matches, je ne me suis pas montré très convaincant. Les supporters m'appréciaient et je m'entendais très bien avec le reste de l'équipe mais je ne jouais pas à mon poste. C'était compliqué pour moi.

J'adorais notre entraîneur. Roy Keane était un coach de caractère. C'est marrant à dire mais j'ai passé des mi-temps formidables avec lui. J'ai assisté à des trucs de fou, quand il pétait régulièrement les plombs. C'est un grand caractériel qui ne supporte pas la défaite. Il est resté tellement joueur dans l'âme ! Si vous gardez un souvenir de ses colères sur le terrain, vous n'avez aucune idée de ce qu'elles pouvaient donner dans un vestiaire…

Je me souviendrai toujours d'un match de Coupe auquel j'avais assisté dans les tribunes. Le coach ne m'avait pas retenu pour une rencontre « facile » face à une équipe de Troisième ou Quatrième division : je venais de faire mes débuts en championnat, il avait préféré me laisser au repos malgré mon envie de jouer. À la mi-temps, Sunderland était mené 1-0. J'avais rejoint l'équipe dans le vestiaire pour l'encourager. Avant d'y faire son entrée, Roy Keane avait demandé à son adjoint de mettre le paperboard (chevalet de conférence) bien en évidence au milieu de la pièce. Après avoir pris quelques pas d'élan, il avait fait voler le chevalet et toutes ses feuilles en shootant dedans. Il était fou de rage et n'avait manifestement pas trouvé mieux, comme façon, de le dire. Dans mon coin, j'avais rigolé.

J'aimais son franc-parler et son honnêteté. C'est un homme droit dans ses bottes. Aucun faux-semblant avec lui. Et puis il y avait cette limpidité qui me plaisait beaucoup. Je me souviens quand il m'était rentré dedans après une première mi-temps moyenne contre Blackburn : « Et toi, là, putain de Français arrogant ! Si au moins, t'étais capable de marquer un but décisif… »

Que n'avait-il pas dit là ! Comme d'habitude, je n'avais rien répondu à sa critique mais arrivé sur le terrain, j'avais marqué le but d'une victoire 2-1. Après avoir célébré ce but avec mes coéquipiers comme il se devait, j'étais allé lui serrer la main en lançant : « Alors ? C'est un but assez décisif pour vous ? » Il avait rigolé. À la fin du match, il m'avait expliqué qu'il était content de ma réaction. « Vous, les Français, n'êtes jamais aussi bons que lorsqu'on vous provoque. Ça me plaît ! »

C'est vraiment un mec que j'aime beaucoup. Nos conversations ne se résumaient quand même pas à ses coups de gueule. Il aimait évoquer avec moi les « Frenchies » de sa génération comme « Pat » Vieira. J'ai passé de très bons moments à ses côtés.

Mais le club n'avait pas les moyens de lever l'option d'achat à la fin de mon prêt. Je ne souhaitais pas retourner à Marseille où j'avais senti très peu d'envie chez Didier Deschamps, nouvel entraîneur de l'OM. Le banc n'offre pas la plus belle vue sur le Vélodrome. Il me fallait envisager d'autres horizons.

Chapitre 8

Athènes

Les Grecs ont très bien fait les choses pour m'avoir. Le directeur technique du Panathinaïkos et le bras droit du président s'étaient déplacés en Angleterre pour me faire leur proposition. La force de leur projet, c'est qu'ils jouaient une place qualificative pour la Ligue des champions. C'est une donnée importante dans un transfert. N'importe quel joueur reconnaîtra que c'est une priorité. En tout cas, c'était très important pour moi, pour revenir en équipe de France. Quand le Pana m'avait contacté, je leur avais dit que même si j'étais intéressé, aller en Grèce n'était pas ma priorité. Dans le fond, je serais bien resté à Sunderland.

J'y étais bien. J'avais encore quelque chose à faire dans le championnat anglais. Je dois aussi reconnaître que je ne voulais pas non plus m'éloigner de mes enfants.

Pour revenir à la Grèce, j'avais demandé à visiter le club avant de prendre ma décision. Sans perdre un instant, le lendemain, je me retrouvais embarqué dans un jet privé, direction Athènes. Durant le vol, nous avions discuté du club. Je le connaissais bien pour l'avoir affronté avec Auxerre en Ligue des champions. C'est vrai que les supporters savaient mettre l'ambiance dans le stade de Leoforos à l'époque, avant qu'ils ne changent. Quelle ferveur ! En tant qu'adversaire, même moi, j'avais trouvé ça beau.

En parlant de supporters, le directeur m'avait annoncé qu'il y en aurait quelques-uns à l'aéroport pour me souhaiter la bienvenue. Sur le tarmac, j'avais été très bien accueilli. Trois voitures nous attendaient. Pourquoi pas, même si une seule aurait dû suffire. C'était un peu bizarre. Ce que j'aurais dû comprendre, c'est qu'il s'agissait de faire diversion. J'avais vu deux camions de CRS qui bloquaient la sortie et je commençais sérieusement à me poser des questions. Il y avait des fumigènes, des pétards… Drôle d'ambiance pour un petit aérodrome ! Manifestement, les quelques fans attendus avaient prévenu leurs amis : il y avait quelque 4 000 personnes. Quelle pression !

Je n'avais pas encore décidé de signer dans ce club. Si je refusais, tous ces supporters pourraient mal le prendre. En même temps, quand j'ai vu tous ces gens venus pour m'accueillir et me donner tout cet amour, je n'ai pas pu faire autrement qu'accepter. Il faut croire que les dirigeants du club avaient été bien inspirés pour

organiser cette visite. C'est vrai que je suis un affectif. J'ai besoin de me sentir aimé par mon club et soutenu par ses supporters. Après un tel accueil, comment ne pas être séduit ? Dès ma sortie de l'aéroport, je savais que ce serait compliqué de dire non.

La visite du stade et des installations s'est très bien passée. Mon frère Abou et moi avions été impressionnés par le centre technique, digne des plus grands clubs européens. Je n'imaginais pas les choses comme ça. Pour couronner le tout, j'étais tombé amoureux du pays. Encore une fois, ils avaient bien fait les choses en m'installant dans un hôtel sublime sur le bord de mer. On m'avait fait visiter Athènes avec son magnifique musée. Cerise sur le gâteau, le président Nikolaos Pateras m'avait offert une Rolex en or gravée à mon nom et avec un fond vert, aux couleurs du Pana. Un cadeau sublime que je porte toujours avec beaucoup d'émotion.

N'allez pas penser que l'on peut m'acheter avec une Rolex. C'est la façon dont les choses se sont passées qui m'ont fait signer dans ce club. J'ai été séduit par leur envie : ils voulaient tellement que je vienne jouer et ils ont su me convaincre avec la manière. Je n'ai jamais eu l'occasion de le regretter. Avec le président, le courant est tout de suite passé. Il parlait français, ce qui avait son charme. Après notre premier dîner, je savais que j'allais signer là-bas. Dans ma tête, c'était réglé.

Les conditions de ma venue avaient déjà été négociées au préalable. Aussi, je n'avais plus qu'à signer. Le soir où j'ai enfin apposé ma signature sur le contrat, le 25 juin 2009, Michael Jackson est mort. Ça ne m'a pas bouleversé plus que ça, même si j'ai du respect pour ce grand artiste, c'est certain. Je n'étais pas forcément un grand fan. C'est plus mon frère Abou qui l'écoutait en boucle. Moi, mon idole a toujours été Muhammad Ali. C'est le seul dont je suis fan, pour son comportement et son palmarès. Il a toujours assumé sa grande gueule. J'aime les gens qui font ce qu'ils disent. On peut légitimement dire qu'il en est un bel exemple. Quelle force de caractère ! Quel mental ! Ça m'a inspiré, oui. On peut dire que toute ma carrière s'est construite sur mon mental. Sans la grande gueule de Muhammad Ali mais avec sa ténacité. Mentalement, je m'identifie beaucoup à lui. Je n'avais pas son arrogance verbale, parce que ce n'est pas dans ma nature, mais au fond de moi, je me disais que j'allais tous les écraser et marquer, marquer, marquer. Je ne l'annonçais pas comme mon idole mais j'avais cette même rage de vaincre. De gagner. D'être le meilleur.

Quand j'ai signé au Pana, en août 2009, il a fallu que j'explique mon choix à mes proches. Je comprenais que ça puisse être un choix déstabilisant, vu comme ça. Les gens ne connaissent pas bien le championnat grec. Je leur avais expliqué que nous étions tout de même à deux tours de jouer la Ligue des champions. Quand tu sais ce que tu veux, ce que tu fais et pourquoi tu le fais, tout va bien. Je savais où je voulais aller. Je ne m'étais pas perdu en chemin, contrairement à ce qu'on pouvait penser.

Je me suis souvenu d'un truc que m'avait dit Raymond Domenech juste avant que je ne signe en Grèce : un buteur reste un buteur. Que tu marques des buts en France, au Qatar ou en Italie, tu restes un buteur avant tout. Ça m'a marqué et j'y ai souvent pensé. Domenech m'avait conseillé de m'éclater sur le terrain. C'est exactement ce que j'ai fait. Je me suis fait plaisir et j'ai marqué beaucoup de buts. Pour le plus grand plaisir de tous. Moi le premier. J'étais le plus gros transfert de l'histoire du football grec, il fallait bien que je me montre à la hauteur ! Le club venait d'enregistrer un nombre record d'abonnements au stade : 33 000 supporters voulaient voir « la star ». Mais le président Pateras avait engagé un joueur de foot, pas une icône de mode. Même s'il dit aujourd'hui que mon aura en dehors du terrain a fait une bonne publicité à son club, je veux croire que ce sont nos résultats qui ont nourri le battage médiatique.

Une fois installé sur place, je m'étais vite acclimaté. Dès le premier entraînement, je m'étais senti à la maison. Il y avait avec moi un autre Français, Cédric Kanté. Mes deux premiers mois ont été compliqués : après avoir été l'auteur d'un but dès le premier match, je n'ai plus marqué durant les quatre rencontres suivantes. Ça commençait à jaser. La presse n'était pas vraiment véhémente à mon sujet mais les journalistes se posaient des questions sur ma capacité à faire la différence. C'est dans ces moments que je suis très fort. Demandez à mon frère Abou, il vous le confirmera : j'aime faire taire mes détracteurs. Sans rien dire mais en faisant ce qu'il faut.

Le jeudi 1er octobre 2009, j'ai appris que mon père était mort la veille à Abidjan. Cela m'a affecté, malgré tout ce qui s'était passé entre nous. Ou plutôt, devrais-je dire, après tout ce qui ne s'était pas passé avec lui. Mangué Cissé s'est éteint à l'âge de 64 ans dans ce beau pays qui l'avait adopté. Il était né en Guinée mais c'est en Côte d'Ivoire qu'il avait planté ses racines. Ancien international des Éléphants dans les années 60 et 70, il avait ouvert une école de football pour les enfants des rues de la capitale ivoirienne. La maladie avait eu raison de lui. Trois jours après sa mort, je signais un doublé à domicile face à Larissa, pour la 6e journée du championnat. J'avais lancé la machine. Malgré mon deuil, j'avais réussi à forcer le respect et à gagner le cœur des supporters.

En deux saisons, j'ai inscrit 55 buts en 89 matches. C'est beau, quand même. J'étais heureux et épanoui. J'étais bien en Grèce et j'y serais resté volontiers s'il n'y avait pas eu ces problèmes financiers. Je n'ai pas quitté le navire, c'est le président qui m'a libéré. J'ai beaucoup de respect pour les dirigeants du Pana qui ont eu l'honnêteté de ne pas me mettre dans une situation compliquée. Ils n'étaient plus sûrs de pouvoir me payer tous les mois, ils m'ont donc laissé partir. Le président partait aussi. S'il était resté, je serais resté avec lui. Je lui faisais confiance.

Dès ma première saison, j'avais fini meilleur joueur et meilleur buteur du championnat. Avec un doublé historique, championnat et Coupe. Ça faisait des années que le Panathinaïkos n'avait pas remporté ces titres. On avait fait de belles choses en Ligue des champions et un très beau parcours en Europa League. Je pense que les deux matches contre l'AS Rome m'avaient valu de réintégrer l'équipe de France.

On avait aussi rencontré le grand Barça. Même si on a pris deux valises, c'était un grand moment. On ne se lasse jamais de disputer de grands matches face à de grandes équipes. Affronter des joueurs comme Lionel Messi, c'est vraiment un plaisir. C'est du beau et grand football. C'était la première fois de ma carrière que j'allais jouer au Camp Nou. C'est grâce au Pana que j'ai vécu ça. Les pelouses n'étaient pas toujours de la meilleure qualité mais j'avais été agréablement surpris par le niveau de jeu.

Quand on avait changé de coach, le président m'avait nommé capitaine. Je ne le savais pas avant qu'il l'annonce. J'avais accepté avec grand plaisir et pris mes responsabilités. Ça ne me dérangeait pas d'être au premier rang et d'assumer la responsabilité des bons comme des mauvais résultats. Être capitaine, c'est une grande fierté mais avant tout une responsabilité. Je pense que j'avais les qualités requises pour être un bon capitaine. J'ai su aller au front quand c'était nécessaire, aller calmer les supporters qui m'écoutaient. J'ai su gagner le respect de mes coéquipiers grâce à ma carrière mais aussi et surtout grâce à ce que j'ai accompli à leurs côtés. Je ne suis pas du genre à prendre les gens de haut. Je les ai tout de suite mis à l'aise en leur montrant le vrai Djibril : un mec qui marquait des buts ! Je voulais être le roi de l'Olympe avec Marseille mais c'est finalement à Athènes que je me suis approché de la demeure des dieux. Logique !

On a fait des tournées aux États-Unis et au Canada. Il y a une grande communauté grecque à Toronto. Quelle ambiance incroyable ! On avait battu l'Inter Milan devant des supporters surexcités. Le stade était vert, on se serait crus à Athènes. Un truc de dingues ! C'est magique de vivre des moments comme ça. Extraordinaire. Partout dans le monde, la communauté grecque venait nous soutenir. Vous n'imaginez pas la force que vous donne autant d'amour. Le peuple grec est passionné et sans demi-mesure. Soit ils t'aiment passionnément, soit ils ne t'aiment pas du tout. Quoi qu'il en soit, ils te le font savoir très rapidement, sans tourner autour du pot.

Même avec les Rouges de l'Olympiakos, je n'ai jamais eu de souci en dehors du terrain. Il m'arrivait de croiser dans la rue des supporters de l'Olympiakos qui venaient me dire leur respect pour le joueur que j'étais. J'étais leur adversaire sur le terrain mais je n'étais pas leur ennemi. Après, il y a toujours des cons mais ça, c'est universel.

On a écrit que j'étais parti de Grèce à cause du racisme. Honnêtement, je n'ai jamais souffert du racisme. Que ce soit en France ou ailleurs, j'ai eu beaucoup de chance. Je n'ai jamais ressenti de haine à mon égard ou envers ma couleur de peau. J'ai surtout reçu beaucoup d'amour. Je pense que lorsque tu arrives à un certain niveau de notoriété, les gens oublient ta couleur. Je dis souvent à Marie-Cécile, mon amie, que les gens ne me voient pas comme un Noir mais comme un personnage. C'est la même chose pour Zinédine Zidane. Il n'est plus d'origine algérienne, il est juste Zidane. Vu que j'ai commencé très tôt, ma couleur n'a jamais été une barrière. Pourtant, j'ai joué dans des clubs habitués à la polémique, où on me disait souvent que j'allais morfler auprès des supporters. Il n'en a jamais rien été. Que ce soit à la Lazio, en Grèce ou en Corse, j'ai toujours été très bien accueilli et encouragé. Mon nom a pris le dessus sur ma couleur ou mes origines.

Mon dernier match face à l'Olympiakos, le 13 février 2011, reste anecdotique dans ma carrière. Il n'est pas représentatif de ce que j'ai pu vivre sur les terrains du monde entier. Avant ce jour-là, je n'avais jamais vu de bananes sur le gazon. Que dire des cris de singe ? Comme je le disais plus haut, il y a des cons partout. On avait perdu 2-1 à cause de hors-jeu inexistants pour nous et non sifflés pour eux. À la fin du match, l'envahissement du terrain et l'agressivité des quelques abrutis venus en découdre m'ont fait péter les plombs, c'est vrai. C'est la goutte d'eau qui a fait déborder le vase. Non contents de nous voler le match avec des décisions arbitrales plus qu'arbitraires, ils se permettaient en plus de venir nous cogner dessus. J'ai rendu coup pour coup.

Quand le président de l'Olympiakos, Evangelos Marinakis, est venu me narguer dans les vestiaires, j'ai su que ma carrière en Grèce s'arrêtait là. Je n'avais jamais vu des présidents de club retrouver les arbitres dans les vestiaires. « Je t'ai bien niqué aujourd'hui », m'avait lancé Marinakis. À moi, le capitaine du Panathinaïkos. Ça voulait dire qu'il savait dès le départ qu'il gagnerait ce match. Pourquoi je m'entraînais, alors ? Je ne supporte pas l'injustice, depuis tout petit. Tout ceci dépassait largement les limites du sport. Je ne dirais pas qu'il y avait de la corruption, car je n'en ai pas la preuve, mais je peux mettre en avant le niveau lamentable des arbitres. Combien de fois ai-je eu l'impression de m'être fait niquer ? Pardonnez-moi cette vulgarité mais je ne vois pas comment le dire autrement. Je me demande comment mon interprète l'a traduit lors de ma conférence de presse du 2 février 2011, après notre match contre l'AEK Athènes...

J'avais une vraie belle relation avec Nikolaos Pateras, notre président. Tous les midis, j'étais avec lui. Les autres joueurs ne comprenaient pas cette relation. Eux le craignaient. Moi, je recherchais sa compagnie. Je n'explique pas pourquoi nous avons aussi bien accroché. Il était plein de petites attentions qui me touchaient beaucoup. Il m'appelait régulièrement le soir pour me demander comment j'allais. Il était toujours d'une humeur égale, quelle que soit la qualité de mon jeu. Je jouais pour lui et il me payait très bien pour ça. Il n'avait pas à être aussi sympa avec moi. Je n'étais pas son employé mais son ami. On est restés en contact depuis. C'est un monsieur que j'aime beaucoup.

Si vous aviez vu mon pot de départ ! On avait organisé une soirée dans un club à ciel ouvert. Je devais mixer avec mon pote Kyu, qui était venu partager ce grand moment avec moi. On s'était installés derrière les platines, alors que le soleil se couchait sur Athènes. À la fin de notre set, le soleil se levait sur la mer Égée. Jamais je n'ai vécu un moment pareil ailleurs. Quand soudain, le chant des supporters avait couvert la musique et que les fumigènes avaient remplacé les boules à facettes, je n'avais pas pu retenir mon émotion. J'avais fondu en larmes face à ces gens qui n'étaient pas venus me dire adieu mais me souhaiter bonne chance. Leur trêfle n'a que trois feuilles mais il m'a porté bonheur. Il est inscrit en moi pour toujours. Il fait partie de mes tatouages qui ont du sens.

« Faut-il nous quitter sans espoir
Sans espoir de retour
Faut-il nous quitter sans espoir
De nous revoir un jour
Ce n'est qu'un au-revoir, mes frères
Ce n'est qu'un au-revoir
Oui, nous nous reverrons, mes frères
Ce n'est qu'un au-revoir »

Je sais que j'ai marqué le championnat de Grèce. Il m'a marqué aussi, à jamais. Tous les jours, je reçois des messages d'amour, sur les réseaux sociaux, de mes supporters grecs. Ils m'apportent un soutien inconditionnel, espérant toujours mon retour.

J'étais très ému quand je suis parti d'Athènes. J'avais l'impression de partir de chez moi. Il paraît que tous les chemins mènent à Rome. En tout cas, celui que j'avais choisi d'emprunter allait me faire atterrir dans la capitale italienne le 12 juillet 2011. Les supporters de la Lazio m'y attendaient déjà. Encore une fois, j'allais connaître la folie furieuse dans un aéroport. On ne s'habitue jamais à recevoir autant d'amour. C'était encore plus impressionnant qu'à Athènes car je n'étais pas dans une voiture pour cette première rencontre avec les tifosi.

Chapitre 9

Du Calcio à Bastia

Contrairement à ce que les médias rapportaient, les supporters de la Lazio n'étaient pas racistes. Ousmane Dabo m'avait dit que c'était de l'histoire ancienne et il ne s'était pas trompé. J'ai été reçu comme un prince dans la Ville éternelle.

J'ai cherché à m'intégrer rapidement pour bien prendre mes marques dans ce championnat exigeant. J'ai même appris l'italien grâce à l'aide de mon coéquipier Modibo Diakité. Dès mon premier match, en barrage d'Europa League, j'inscrivais un doublé face au Rabotnički Skopje. Pour la 2e journée de championnat, j'avais gagné mon public avec un but de la tête face au Milan AC. Je n'ai pas connu le catenaccio de l'ancien Calcio. J'étais arrivé dans un championnat plus ouvert, plus agréable. Ça jouait au football et je m'y sentais très bien.

Et puis je me suis retrouvé fort dépourvu quand la bise est venue. J'ai déchanté avec l'arrivée de l'hiver. Je connaissais à nouveau ce passage à vide où plus rien ne rentrait. Je ne jouais pas à mon poste et malgré une belle entente avec Miro (Klose), je ne remplissais pas mes fonctions de buteur. Je n'étais décisif que dans mes passes et ça ne pouvait pas suffire. Je n'ai pas l'impression d'avoir démérité dans le Calcio. J'ai quitté le championnat en étant deuxième meilleur passeur derrière Andrea Pirlo. Excusez du peu ! Je ne jouais pas à ma place, décalé sur le côté droit par le coach, Edoardo Reja, qui me trouvait bon à ce poste. Bon passeur, soit, mais pas buteur. Je ne comprenais pas qu'il s'obstine à me cantonner à ce rôle, trop réducteur de mon point de vue. Bien sûr, ça donnait plus d'étendue à la palette de mon football mais j'étais frustré.

Après 5 buts en 27 matches, j'ai quitté Rome pour Londres. Il faut croire que dans mon histoire personnelle, tous les chemins mènent en Angleterre. Si ce n'est pour un point de chute, au moins pour une étape. Le 31 janvier 2012, j'ai signé avec les Queens Park Rangers. Dès mon arrivée, Mark Hughes m'avait titularisé pour affronter Aston Villa. J'avais marqué pour cette première entrée en jeu. Je me croyais enfin dans une meilleure veine mais j'ai été expulsé trois jours plus tard pour avoir bousculé Roger Johnson, un joueur de Wolverhampton. C'est plus mon instinct de survie qui avait parlé. Si le défenseur était allé au bout de son action, il m'aurait cassé les deux jambes d'un seul coup. Ça aurait été le tacle de trop. L'arbitre avait peut-être été un peu sévère. Que dire des trois matches de suspension dont j'allais écoper ?

En retrouvant mes coéquipiers, le 10 mars, j'ai marqué contre Bolton mais deux semaines plus tard, j'étais encore expulsé. Cette fois-ci, c'était amplement mérité. D'ailleurs, j'avais présenté mes excuses le lendemain à Fraizer Campbell pour ce méchant tacle. Qui m'avait valu quatre matches de suspension. Moi qui cherchais la rédemption du buteur, je connaissais l'enfer réservé aux mauvais garçons... Pas facile d'être dans la peau de Mario Balotelli ! Pourtant, je n'ai jamais été un « bad boy ». Je m'emporte trop vite, c'est vrai. Trop vite et trop fort. C'est l'un de mes défauts. J'ai beau le savoir, sur le moment, c'est plus fort que moi. Mais je suis aussi un enthousiaste spontané. Ça m'a été reproché aussi. Autrement.

On jouait le maintien en Premier League, Samir jouait le titre de champion d'Angleterre avec Manchester City. Un titre que le club n'avait plus remporté depuis 1968. Après avoir marqué un but décisif contre Stoke la veille, j'avais exhorté l'équipe à garder le cap avec un message sur Twitter : « Salut les gars. Superbe victoire pour nous hier mais nous devons rester concentrés, nous avons encore du boulot dimanche. » Ce fameux dimanche 13 mai 2012, on affrontait les Citizens de mon pote. Samir avait donc répondu sur Twitter : « Tu ne vas rien faire du tout dimanche. »

Je l'aimais beaucoup mais je devais lui prouver le contraire. Du moins, j'ai fait tout ce que j'ai pu. Ç'a été un match incroyable ! Nous étions menés 1-0, j'ai marqué le but de l'égalisation. C'était important car on jouait le maintien. Notre sort dépendait de l'issue de ce match et de l'affrontement entre Bolton et Stoke. Il y avait une tension incroyable dans l'air.

Que dire de l'ambiance quand on a pris l'avantage à la 66e minute, sur une tête de Jamie Mackie ? Il a fallu attendre le temps additionnel pour voir Manchester City revenir au score et enfin gagner. En deux petites minutes, ils étaient devenus champions d'Angleterre. Stoke avait égalisé face à Bolton. Résultat : « QPR » n'était pas relégué. J'étais content. Heureux pour mon pote qui vivait devant moi, avec moi, un grand moment dans sa carrière. Alors oui, j'avais manifesté ma joie en lui sautant dans les bras. Mon geste a été mal accueilli. Comme une insulte à Manchester United qui venait de perdre sa couronne. Il avait fallu que je m'explique : non, je n'avais pas célébré le titre avec City. Je m'étais réjoui du bonheur de mon ami. On n'est pas des machines, quand même !

Heureusement que mon passage à « QPR » ne s'est pas résumé à mes suspensions. J'ai marqué deux buts contre Stoke qui nous ont permis de rester en Premier League. J'ose espérer que les supporters se souviennent de moi pour ça. J'avais donné ma parole au président du club, Tony Fernandes : je ferais tout pour éviter la relégation. J'ai tenu ma parole et il m'a félicité pour ça : « Tu as une parole d'homme. » Même si je me suis comporté comme un gamin en récoltant ces cartons rouges, je me suis montré à la hauteur en sauvant mon club. Mark Hughes aussi m'était reconnaissant. C'est lui qui m'avait fait venir et je n'aurais pas aimé être un regret pour lui. Je l'apprécie beaucoup.

La saison suivante, j'ai eu du mal à trouver le chemin des buts. J'étais en plein divorce. Aller chez mes avocats toutes les semaines, me prendre la tête avec mon ex-femme, franchement, ça me saoulait. Je n'étais pas très en forme, c'est vrai. Quand on m'a soumis l'idée d'aller jouer au Qatar pour un prêt de six mois, je ne m'y suis pas opposé. Peut-être avais-je besoin de m'éloigner un peu. De prendre du recul pour reprendre de l'élan. J'ai reçu une offre mirobolante pour six mois. On ne va pas se mentir, la proposition financière était très alléchante. Ça m'a permis d'être loin et de me changer les idées. Je savais que je n'allais pas rester longtemps là-bas. Je m'étais envolé pour le Golfe persique afin de rejoindre le Brésilien Nenê qui venait de signer pour deux ans.

Honnêtement, je n'ai pas grand-chose à dire sur ces quelques mois au Al-Gharafa SC. J'y ai fait ce que j'avais à faire mais sans passion. Ce fut une expérience très déstabilisante pour moi : je n'avais jamais joué dans des stades vides. Et pourtant, les Qataris adorent le sport. À la télé. Ils ont des dizaines et des dizaines de chaînes sportives mais ils ne se déplacent pas. On jouait dans des stades de 40 000 places avec 100 spectateurs dans les bons jours. C'est difficile de donner le change dans ces conditions. Franchement, quand tu cries ta joie après avoir marqué un but, tu as plutôt l'air ridicule. En dehors de tes coéquipiers, il n'y a personne pour partager ta joie. C'était très compliqué pour moi de m'habituer à ça. C'est compliqué, aussi, de jouer dans un pays où il fait aussi chaud. On avait beau s'entraîner tard le soir, il était difficile de supporter une telle chaleur.

Sincèrement, je n'ai pas été étonné qu'on leur accorde d'accueillir une Coupe du monde. Je ne suis pas en mesure de donner mon avis sur la façon dont ça s'est passé. Je ne peux parler que de ce que je connais et je peux vous assurer de la qualité des stades à leur disposition. C'est impressionnant : ils arrivent à faire baisser la température de vingt degrés sur la pelouse ! Les stades sont climatisés grâce à de gros moyens technologiques mais je pense que la chaleur restera un gros souci. Une fois que tu sors du stade, la fournaise te rattrape. C'est un enfer ! Organiser la Coupe du monde en décembre va beaucoup pénaliser le championnat anglais. Pour remplir les stades, ça ne devrait pas être comme pour le championnat local. Il s'agit quand même d'une Coupe du monde !

Ils avaient de belles envies et de gros moyens mais je n'étais pas en vente. Je n'ai jamais été à vendre. À la fin de mon prêt, je ne pouvais décemment pas rester à QPR, relégué en Deuxième division. Ils n'avaient plus les moyens de me garder. Après avoir résilié mon contrat avec le club londonien, j'étais tenté d'aller voir ce que les Russes tenaient à me proposer. Pour voir. Mais comment jouer dans un pays qui connaît un tel hiver ? En signant avec le FC Kouban Krasnodar, j'ai eu une drôle d'idée !

Ce n'est pas l'argent qui m'a intéressé là-bas. Ils jouaient en Europa League et moi, je voulais me faire remarquer pour revenir en équipe de France. C'était un défi magnifique qui méritait que je parte si loin. Je m'y ennuyais, c'est vrai, loin de tout et de tous. Alors, j'avais pris soin de moi, en faisant de la musculation. Que ses supporters me pardonnent mais ce club ne m'a rien apporté. Je suis désolé de ne pas avoir su m'y imposer. J'étais d'autant plus motivé que je voulais revenir en France et marquer mes 100 buts. J'étais à 94 réalisations. Je voulais offrir ce 100e but à un club qui m'était cher mais ça ne s'annonçait pas vraiment bien. Avec Auxerre et Arles en Ligue 2, c'était impossible. Avec Marseille, c'était compliqué. Bastia m'avait semblé être une solution intéressante.

Le club jouait le milieu de tableau en Ligue 1 avec une équipe qui proposait un beau jeu. Encore une fois, j'avais accepté de faire un gros sacrifice sur mon salaire car mon objectif n'était pas de gagner de l'argent. Je ne m'en étais pas caché : s'il me restait une chance de porter le maillot tricolore pour la Coupe du monde 2014 au Brésil, je voulais à tout prix m'en donner les moyens.

Quoi qu'ait pu dire un idiot montpelliérain, j'étais joueur de foot. Je ne mixais que pendant mes vacances, pour le plaisir de partager de bons moments avec mes potes. J'avais encore de belles choses à montrer sur les terrains. Du moins, je m'en croyais capable.

J'ai signé pour 18 mois avec le Sporting Club de Bastia le 1er janvier 2014. Le président, Pierre-Marie Geronimi, m'avait séduit avec son discours direct. Contrairement aux idées reçues, les Corses sont très chaleureux et bienveillants. J'ai été très bien accueilli sur l'Île de Beauté. J'y ai trouvé plus qu'un club : j'y ai fondé une famille. Je suis très attaché à ma belle-mère et à mon beau-frère, qui sont de très belles personnes. Avec ma compagne, nous avons acheté une belle maison avec une vue magnifique sur la mer. Je suis heureux en Corse. Bien entouré. J'aurais voulu lui donner plus mais j'allais découvrir que mon corps ne suivait plus.

Souffrant d'une douleur persistante à la hanche, j'avais fait plusieurs examens qui s'étaient avérés catastrophiques. Je refusais d'écouter tous les médecins que je voyais : ils me disaient que c'était fini. J'en cherchais désespérément un qui me dirait le contraire. Qui aurait une solution pour réparer ma hanche totalement dépourvue de cartilage. J'allais devoir arrêter de jouer au football. Je ne vous cache pas que j'ai pleuré en sortant du cabinet du médecin qui m'a confirmé la sentence de ses confrères : arthrose sévère. C'est extrêmement fréquent chez les sportifs de haut niveau mais le docteur Olivier Fichez n'en revient pas, à chaque fois qu'il regarde mes radios : on ne voit pas ça chez un homme de 70 ans !

Pendant ma dernière année à Bastia, j'ai joué avec une blessure qui aurait incité 95% des joueurs à mettre un terme à leur carrière. Quand j'ai quelque chose à faire, je ne lâche rien. Je serre les dents et j'avance. J'avais un objectif à atteindre et je ne comptais pas abandonner. Je n'ai pas su convaincre le coach, Ghislain Printant, de me laisser jouer. Sans doute étais-je trop diminué. Toutefois, ce qu'il m'a fait pour la finale de la Coupe de la Ligue face au Paris SG a eu beaucoup de mal à passer.

C'était violent de ne pas jouer ma dernière finale, au Stade de France qui plus est. J'étais co-meilleur buteur de la compétition avec trois buts. Ma contribution dans cette qualification pour la finale n'était toutefois pas suffisante pour le coach. Je pense qu'il aurait pu faire l'effort de me mettre dans le groupe des 18 joueurs sans pénaliser l'équipe. Il m'a fait du mal. À moi. À ma famille. À mes proches. Nous n'en avons pas parlé. Il ne valait mieux pas. Je n'ai jamais manqué de respect à un coach et ce n'est pas lui qui allait me faire mentir.

J'ai eu une fin de carrière qui ne me satisfait pas. Je n'ai pas eu le choix et c'est ce qui me chagrine le plus. Je suis toujours revenu. Je vais me faire opérer. Et si Dieu m'en donne la force, je reviendrai.

Chapitre 10

Vie privée

Me voilà papa pour la cinquième fois. C'est un cadeau. C'est beau. Marie-Cécile et moi sommes les heureux parents d'un petit Gabriel né le 11 mars 2015. Encore un garçon ! Il faut croire que j'ai du mal à faire des filles...

Avec Gabriel, je peux enfin jouer au quotidien mon rôle de père. Je n'ai jamais vraiment pu profiter de mes enfants quand j'étais footballeur. J'ai quitté la maman d'Ilona assez rapidement et ensuite, je suis allé vivre en Angleterre. Elle est née le 9 octobre 2001 et je suis parti en juin 2004. Elle n'avait même pas 3 ans. Ça peut sembler assez irresponsable, dit comme ça, mais je n'avais pas voulu cette situation. Disons plutôt que je ne l'ai pas choisie.

On ne décide pas d'être papa à 20 ans. La petite amie tombe enceinte et on décide évidemment de le garder. L'idée, au départ, ce n'est pas vraiment de fonder une famille. Et puis quand ça arrive - je n'aime pas dire « par accident », parce que ça reste quelque chose de magnifique -, on est face à soi-même. Je croyais que j'avais les épaules pour être un bon père. Peut-être pas un bon mari mais un bon père. J'avais la chance d'avoir une bonne situation et de pouvoir m'en occuper, sans avoir à stresser au sujet du manque de moyens. C'est souvent le cas quand on fait un enfant très jeune : subvenir à ses besoins. J'ai essayé d'être le plus présent possible pour elle. Je revenais la voir dès que je le pouvais.

Je n'ai pas trop subi cette situation car j'étais totalement concentré sur ma carrière. Elle prenait un nouvel essor avec mon départ à Liverpool. Moi, le petit d'Arles, j'étais enfin dans la cour des grands. On partait pour des stages à New York pour revenir ici et repartir là-bas. Je vivais un truc de fou. J'étais en train de réaliser mon rêve. Ce n'est pas donné à tout le monde, quand même ! Je ne pense pas être plus égoïste qu'un autre. J'étais jeune. Ma fille ne manquait de rien et elle était en bonne santé. Je la savais entre de bonnes mains, élevée par sa mère. Aujourd'hui, Ilona a 14 ans et ça se passe très bien entre nous. Elle est en bonne santé et c'est une chouette gosse. Elle commence à s'intéresser à ce que je fais et à s'inquiéter pour moi. Elle prend des nouvelles de ma blessure, un peu comme une petite maman.

L'avoir eue jeune n'est pas forcément une mauvaise chose : nous grandissons ensemble et même si je dois la guider dans la vie, nous avançons main dans la main. Être un jeune papa favorise la complicité. Toutefois, c'est dur d'être le papa d'une fille qui grandit : alors que sa vie de femme démarre tout doucement, ma paternité débute réellement. J'ai envie de la laisser libre de vivre sa vie tout en la mettant en garde. Je voudrais la protéger. Je sais que sa mère s'en occupe bien et lui explique la vie. Pas facile d'être une femme, encore de nos jours… Les hommes ne sont pas toujours à la hauteur.

Elle est passionnée par la danse et la chanson. C'est son truc. Ça ne m'inquiète pas plus que ça qu'elle veuille s'engager dans une carrière artistique. Au contraire. Même si le showbiz est un milieu compliqué où les places sont chères, tant que ma fille s'implique, je ne peux que l'encourager. Si je peux l'aider grâce à mes relations, je le ferai, bien sûr, mais elle ne pourra réussir qu'à force de travail. Je peux éventuellement lui rendre les choses plus faciles mais c'est seule qu'elle devra s'imposer. En l'occurrence, je suis le meilleur exemple pour elle : dans le sport de haut niveau, il n'y a pas de place pour tout le monde. Même avec beaucoup de talent, tu n'es pas certain d'y arriver. Il faut, pour cela, beaucoup de chance et de travail. J'ai croisé des jeunes qui avaient plus de talent que moi et qui n'ont pas réussi. Chez les moins de 15 ans, j'ai vu des phénomènes bien meilleurs que moi mais qui n'ont jamais percé. À un moment, ils ont dû lâcher mentalement. Je pense que pour le haut niveau, le mental l'emporte sur le talent.

Je suis fier que Cassius marche sur mes traces. Il a une frappe impressionnante pour son âge. Il est très habile avec un ballon et semble prendre du plaisir à jouer avec. C'est tout ce qui compte pour moi. Qu'il soit heureux.

Je ne lui dis pas trop à quel point je suis fier de lui pour ne pas lui mettre de pression. Je ne veux pas qu'il se sente obligé d'avoir la même carrière que son père, qu'il se sente en compétition avec moi. Contrairement à ce que les gens pensent et disent, ce n'est pas facile d'être le « fils de ». Si le fait que je sois leur père leur ouvrira des portes, mes enfants n'auront pas le droit à l'erreur. Surtout dans le domaine du sport. Là, c'est la performance avant tout. Regardez le fils de David Beckham, recalé du centre de formation d'Arsenal. On peut aisément penser que son père lui a facilité l'accès au recrutement mais derrière, il a été recalé comme n'importe qui. C'est le revers de la médaille.

En parlant de Beckham, c'est un mec que j'aime vraiment beaucoup. Il est d'une gentillesse rare. Je n'ai joué face à lui qu'en équipe de France. J'étais sur le terrain pour sa 100e sélection. On a toujours bien accroché lui et moi. On a la même attachée de presse en Angleterre, Caroline McAteer. Une fille formidable d'ailleurs. David et moi parlions souvent chiffons. On aime tellement la mode tous les deux. Quand je lis les méchancetés qu'on peut écrire sur sa femme, je ne comprends pas. Quand je m'étais retrouvé à ses côtés pour regarder David jouer à Los Angeles, Victoria était venue nous chercher avec Kyu pour suivre le match avec elle dans la loge. Elle était alors enceinte de leur fille. Elle est discrète mais loin d'être désagréable ou méprisante. C'est une femme charmante. Elle et son mari sont vraiment sympas. Des amours.

Ça n'existe pas, le piston dans la réussite. Ça peut être un tremplin, indéniablement, pour démarrer quelque chose mais dans le sport de haut niveau, c'est limite un handicap d'être le fils d'un champion. On attend de toi que tu fasses aussi bien que ton père, sinon mieux. C'est une sacrée pression. C'est humain de comparer. Peut-on hériter du talent de ses parents ? Je n'en suis pas certain, même si je pense qu'on peut transmettre des qualités physiques. C'est forcément dans les gènes. Après, il faut être touché par la grâce et là, je pense que tes parents n'y sont pour rien.

Cassius est très bon, c'est vrai. S'il a hérité de ma vitesse et de ma force de frappe, il a quelque chose en plus. Déjà, il est bon des deux pieds. Moi, je n'ai jamais travaillé mon pied gauche. La plus grosse erreur de ma carrière. J'ai joué sur mes qualités sans chercher à dépasser mes points faibles. Si j'avais écouté Guy Roux et travaillé mon pied gauche à l'entraînement, j'aurais marqué trente, voire cinquante buts de plus. J'ai vraiment déconné pour le coup et je ne me trouve même pas d'excuse. Ça ne va pas avec ma personnalité : j'aurais dû me battre pour être meilleur mais je me suis contenté d'être bon.

Je me suis reposé sur ma vitesse et mon pied droit. J'ai travaillé mon jeu de tête sur la fin mais au départ, ce n'était pas du tout ma priorité. Ça aurait pu être un autre de mes points forts car j'avais la taille et la détente. On devrait être plus souvent à l'écoute des entraîneurs. Cassius, lui, semble l'avoir déjà compris. Il est plus technique que moi. À son âge, il tente des choses que je ne fais toujours pas aujourd'hui. S'il continue comme ça, ce sera un grand joueur, avec ma force et mes faiblesses en moins. Il sera plus fort que moi.

Si mes quatre fils deviennent footballeurs, j'en serai ravi parce qu'ils feront selon moi le plus beau métier du monde : s'entraîner deux ou trois heures par jour à jouer au ballon, voyager dans le monde, gagner très bien sa vie, être porté par des foules de supporters. J'espère juste qu'ils ne se sentiront pas obligés de le faire parce que leur papa l'a fait. S'ils en ont les capacités et la volonté, je les soutiendrai de tout mon cœur. Je serai le premier à leur donner des conseils. S'ils veulent devenir carreleurs ou électriciens, ce sera plus difficile pour moi de les aider mais je serai toujours content de les voir faire quelque chose qu'ils aiment.

Je les inciterai, quel que soit leur choix, à s'entourer de gens compétents et bienveillants. Ça n'a pas toujours été mon cas et c'est dur, avec le recul, de se rendre compte qu'on a été dupé. Tout cet argent que l'on gagne quand on est footballeur, c'est du miel qui attire beaucoup de gourmands. Pas forcément des gourmets. Quand on est jeune, on se fait bouffer tout cru. Notre génération, un peu moins, car on est au courant des expériences malheureuses de nos aînés. C'est très important de savoir s'entourer de bonnes personnes car on délègue beaucoup de choses. Notamment tout l'aspect financier. Je ne connais pas de joueur de foot qui remplisse sa feuille d'impôts ou qui connaisse le montant de sa facture d'électricité. C'est bien dommage, d'ailleurs. Ce n'est bon pour personne de vivre en dehors de la réalité.

Mes enfants ont une vie normale du fait de mes séparations. Si je veille à ce qu'ils ne manquent de rien financièrement, leurs mères ne vivent pas dans le faste. Du coup, ils grandissent avec une vie plutôt « normale ». Ça peut être dangereux de les habituer aux belles voitures et aux cadeaux systématiques. Je n'ai pas de leçon à leur donner sur la façon de vivre leur vie. Si ça les amuse de dépenser 1 000 € de champagne en discothèque, pourquoi pas ! Tant que c'est leur argent, qu'ils l'ont durement gagné et qu'à côté de ça, leur famille est à l'abri. Encore une fois, je trouve facile de juger les sportifs qui font la fête à coups de gros billets et de grosses voitures. Ils ont le droit d'en profiter, quand même ! Ils n'ont rien volé à personne. Tant que les factures sont payées et que l'avenir est envisagé avec sérieux, je ne trouve rien à y redire.

Ma génération a appris très tôt qu'une carrière de footballeur ne tient pas à grand-chose. Une vilaine blessure et c'est fini. Dès mes 18 ans, j'ai eu Guy Roux sur le dos. Le plan d'épargne logement était son leitmotiv. Ce qu'il a pu nous prendre la tête avec ça ! Il était le seul entraîneur à se soucier de l'avenir de ses joueurs. C'est son côté paternaliste. Il a quand même fallu que je lui cache que j'avais acheté une Ferrari ! Je ne devais pas venir aux entraînements avec car comme le disait le coach, même le maire d'Auxerre n'en a pas une ! Je l'ai gardée pour la revendre un peu plus tard.

Je souhaite à tout sportif de haut niveau de tomber sur un Guy Roux. Il a été important dans ma vie d'athlète et de jeune homme. Il m'a évité de faire pas mal de conneries, quoi qu'il en dise. À mes débuts, quand je me croyais invincible, convaincu d'être le meilleur, il a su me remettre à ma place. J'estimais devoir jouer parce que j'avais décidé que j'étais prêt. Il m'a expliqué que chaque étape d'une formation est importante et que je n'en sauterais aucune sous prétexte que j'étais bon. Ça me démangeait de partir pour enfin devenir pro. Je n'étais qu'un petit con impatient. Le coach a trouvé les bons arguments pour me garder et me faire démarrer en temps voulu. Je lui dois mes débuts dans le football. Je lui dois même beaucoup plus que ça. C'est un deuxième papa. Il est très important pour moi.

Ça m'ennuierait qu'un de mes fils dise un jour que son entraîneur a été un deuxième père pour lui. Ça signifierait que je n'ai pas été à la hauteur en tant que papa et qu'il a trouvé ça chez quelqu'un d'autre. Moi, j'ai le droit de le dire car je n'ai pas vécu avec mon père et il ne s'est jamais occupé de moi.

Oui, j'ai été un homme à femmes. C'est dur de résister aux nombreuses sollicitations quand on est jeune et célèbre. Je n'ai jamais été un grand séducteur, je suis trop timide pour ça. Je ne suis pas du tout du genre à aller aborder une fille. Ça doit être la peur de l'échec, voire la haine de l'échec. Comme dans un match, je ne veux et je ne peux pas perdre. Et si elle me disait non ? Ce serait une défaite. Quand j'ai rencontré Marie-Cécile à la soirée d'anniversaire d'un ami, ce dernier, qui l'avait invitée, me l'a présentée. Je ne sais pas faire face à l'inconnu, j'ai toujours besoin d'être en terrain ami, voire conquis. Je l'ai rappelée quelques jours plus tard et j'ai immédiatement su que je voulais partager ma vie avec elle.

Quand j'ai eu Cassius, mon premier garçon, j'étais hyper content. Peu de temps après, j'étais prêté à

Marseille. Je n'allais pas faire déménager toute la famille pour quelques mois. Finalement, quand le club m'a acheté, je n'ai pas voulu chambouler le quotidien de mon garçon. Je rentrais au maximum tous les quinze jours, voire toutes les semaines dès que c'était possible. Ensuite, j'ai eu Prince puis Marley. Mes petits gars.

Comment ai-je choisi les prénoms de mes enfants ? Cassius, c'est parce que j'admire Muhammad Ali, comme souligné précédemment. Marley, c'est pour les mêmes raisons : j'admire Bob Marley. En fait, j'admire les personnes libres, qui revendiquent leur identité pour en faire quelque chose de constructif. Prince et Ilona Celeste ne doivent leur prénom qu'à ma passion pour lui. Gabriel parce que c'est mon ange, un Djibril Junior, dont la traduction en français est « Gabriel ».

J'étais pris dans une telle tourmente, avec tellement de choses dans la tête, que je n'ai pas eu le temps de m'apitoyer sur cette absence répétée pour mes enfants. J'avais plein de choses à faire et je ne voulais pas penser à ce qui m'était alors interdit. Bien sûr, c'est frustrant de ne pas voir son enfant tous les jours, de ne pas pouvoir être là pour lui. J'ai raté beaucoup de premiers pas, beaucoup de premières fois.

C'est un choix, aussi. Mais ma carrière de footballeur n'est pas seule responsable de mes absences. Ce sont plus mes séparations qui ont fait que mes enfants ont très peu vu leur papa. Malgré les déplacements et les différentes compétitions, un footballeur peut être un père très présent pour sa famille. Ce n'est quand même pas le métier le plus contraignant qui soit.

De la même façon, quand je suis parti jouer en Grèce, mes enfants ne m'ont pas suivi. Je préférais ne pas les déstabiliser avec un déménagement. D'autant plus que mon histoire avec leur mère touchait à sa fin. C'était mieux comme ça, même si c'était dur à vivre.

J'ai évité de me demander quel genre de père je pouvais incarner pour mes enfants. J'espère que le premier mot qui leur vient à l'esprit n'est pas « Absent », même si c'est proche de la réalité. A-t-on des circonstances atténuantes quand on pense faire le bien pour ses enfants ? Quand on sait que grâce à nos choix, ils ne manqueront de rien ? Ce n'est pas parce que je ne leur ai pas accordé beaucoup de temps que je ne leur ai pas donné beaucoup d'amour. Eux, ils m'ont donné beaucoup de force.

Je ne me suis jamais posé trop de questions au sujet de ma place sur Terre. J'ai toujours su ce que je voulais faire et comment je devais le faire. Néanmoins, devenir père donne un autre sens à ta vie : tu deviens responsable de quelqu'un. Important, je l'étais déjà grâce à l'amour que j'ai reçu de ma famille. J'étais désormais responsable du bonheur de mes enfants. Je devais m'assurer qu'ils seraient libres de rêver. J'espère qu'ils sont heureux aujourd'hui. En tout cas, je fais de mon mieux pour qu'ils le restent.

J'ai cette chance d'avoir une vie de privilégié, avec les moyens de faire vivre des moments particuliers à mes enfants. Quand je vivais en Grèce, j'avais fait venir Ilona pour une semaine de vacances. Elle était folle de joie de venir avec sa cousine. Sachant qu'elle était fan de Matt Pokora, j'avais invité en secret mon ami à venir nous rejoindre, pour lui faire une surprise.

J'ai rencontré Matt Pokora sur un événement adidas. Je me souviens que j'avais mes béquilles. Je venais de signer à Marseille et lui était un grand fan de l'OM. Jean-Louis Legrand avait eu la bonne idée de nous présenter et on s'était tout de suite bien entendus. Au-delà d'être supporters de la même équipe, on avait les mêmes passions. Les mêmes délires. Il porte bien son nom : « pokora », en polonais, veut dire « humilité ». J'avais tout de suite adoré ce mec pour sa simplicité et sa détermination. Ça n'a pas toujours été facile pour lui mais il s'est accroché à son rêve et il a su le réaliser. C'est beau.

Sans partager forcément les mêmes goûts, on avait beaucoup de points en commun. Notre amitié était née avec beaucoup d'évidence. J'ai toujours eu besoin d'évidence dans ma vie. Je déteste les prises de tête. J'aime les gens sains et simples. Et généreux. C'est important pour moi d'essayer de rendre les gens heureux autour de moi.

Connaissant son amour pour l'OM et ses débuts de footballeur, j'avais invité Matt à notre entraînement à la Commanderie. À la fin, il était venu échanger quelques ballons avec l'équipe. Notre coach, Albert Emon, m'avait alors demandé qui était ce garçon. Je lui avais expliqué que c'était un chanteur. Même si Matt était alors n°1 des ventes avec son deuxième album solo, *Player*, il ne le connaissait pas. Il m'avait dit : « Moi, je suis fan de Johnny Hallyday ! Lui aussi va venir s'entraîner avec nous ? » J'étais mort de rire ! Malheureusement, je ne pouvais rien faire pour lui.

Matt est le parrain de mon deuxième fils, Prince Kobe, dont il s'est fait tatouer le nom sur le bras droit. C'est une preuve d'affection qui m'a beaucoup touché. On s'est beaucoup soutenus l'un et l'autre dans nos carrières respectives. Matt est venu me voir jouer partout. Il était là pour me voir marquer mes deux buts dans ce célèbre derby Panathinaïkos-Olympiakos. C'est d'ailleurs en Grèce qu'on s'est fait tatouer le même motif : le X de « X-Men » sur le poignet. On est fans tous les deux. Suite à ça, quand il était dans les tribunes et que je marquais un but, je faisais le signe du X avec mes mains à son intention.

Kyu et lui ont souvent été là pour me soutenir. Kyu Steed fait aussi partie de mes meilleurs amis. C'est quelqu'un qui compte beaucoup pour moi. Encore une évidence. Matt nous avait présentés parce que j'étais fan de la marque de vêtements que Kyu avait lancée avec son associé : HMN (Hype Means Nothing). On a tout de suite accroché. Lui et moi, on devait se rencontrer. Ancien choriste de Diam's, Kyu est à fond dans la street culture avec beaucoup d'éclectisme. J'aimais son univers, sa personnalité. C'est un mec droit dans ses baskets et presque aussi tatoué que moi. On a commencé à mixer ensemble pour le plaisir et très vite, on a eu l'idée de créer un duo, « Blvck Snow ». On a partagé de grands moments ensemble sur des soirées de dingues ! Lui est plus hip-hop que moi. Je préfère l'électro, azonto et afro-beat. C'est pourquoi on se complète parfaitement sur nos sets de DJ. Kyu fait partie de ma famille. Où que je sois dans le monde, je l'appelle presque quotidiennement.

On a passé ensemble des moments de pur plaisir où je me suis retrouvé à n'être que Djibril. Bien sûr que c'est agréable d'être connu et aimé mais la vie de célébrité t'interdit certains aspects du quotidien. Les États-Unis, où je ne suis pas connu, m'ont permis de connaître des plages de « normalité ». Pour tout dire, il y a quatre-cinq ans, on s'était même fait recaler d'un club à Las Vegas. On en avait rigolé ! Ça faisait tellement d'années que je ne m'étais plus retrouvé dans la peau du mec à qui on dit : « Ça ne va pas être possible… »

La célébrité t'ouvre beaucoup de portes mais c'est aussi une certaine forme de prison.

J'aimerais que mes enfants se sentent libres de faire ce qu'ils veulent, indépendamment de moi. Quoi qu'ils choisissent de faire, je serai fier d'eux. Comme ma mère avec ses enfants : elle est fière de nous sept, sans aucune préférence pour qui que ce soit.

À 20 ans, on n'est que l'ébauche de l'homme qu'on deviendra. On se croit prêt à tout mais on ne sait pas grand-chose. Je ne voulais pas que mes enfants grandissent sans père. Pour l'avoir vécu moi-même, c'est une absence qui peut faire mal. Combler le manque par l'argent ne suffit pas mais au moins, je veille à ce qu'ils ne manquent de rien. J'ai toujours voulu fonder une famille stable. Je n'ai pas choisi cette situation. Dans ma vie, je ne regrette rien. Juste de ne pas avoir pu vivre auprès de mes enfants. Même si j'ai toujours été là pour eux, avec mon cœur.

Quand je vois mon frère Abou qui est avec la mère de ses enfants depuis trente ans, je trouve ça beau. Comme moi, il a eu sa fille à 20 ans et nos fils sont nés le même jour ! Il a eu la chance de trouver très jeune la femme de sa vie. Nous n'avons pas eu l'occasion d'en parler car mes enfants sont encore trop petits. Je pense qu'ils n'ont pas vraiment souffert d'une situation qui leur a semblé normale. Mon absence faisait partie de mon travail. Je pense que je ne leur ai pas manqué car ils ont été habitués dès leur naissance à ce que leur papa parte travailler dans un autre pays pour jouer au football. Ils savent que je suis là pour eux et que je les aime. Je ne les ai pas abandonnés, j'étais juste loin. C'est leur mère que j'ai quittée, pas eux.

Bien sûr, j'ai culpabilisé de ne pas être assez présent dans leur vie au quotidien mais je ne pouvais rien faire de plus, malheureusement. Plutôt que de me lamenter sur notre sort, j'ai préféré me dire que ça leur servirait dans leur vie d'adulte. J'essaie aujourd'hui d'être le plus présent possible. Je ne communique probablement pas assez avec mes « boys » en français : leur vie étant en Angleterre, c'est vrai que je m'adapte. À propos de l'école, je suis mal placé pour leur servir d'exemple. J'ai arrêté l'école en Troisième mais je me dois de leur expliquer à quel point c'est important.

Ilona me remercie de lui avoir permis de fréquenter une bonne école et d'y apprendre l'anglais. Elle est déjà bilingue à son âge et elle se rend compte de l'avantage que c'est. Elle, au moins, a compris l'importance d'une bonne éducation.

Je devrais aussi leur rappeler leurs racines africaines mais je ne suis pas le mieux placé pour ça. Je ne maîtrise pas vraiment le sujet. Je ne parle même pas le dioula. Ma mère avait d'autres priorités, comme je l'expliquais plus tôt. Elle nous a appris à bien nous comporter, à respecter les gens. À être de bons citoyens.

J'essaierai d'avoir, avec eux, un discours cohérent au sujet de la vie que j'ai eue et de la vie que je leur souhaite.

Sans être trop invasif, j'aimerais être une béquille, plus qu'une menace. Même si je dois incarner, pour eux, l'autorité, je ne veux pas être dans la répression à tout prix. Je préfère inspirer de l'admiration plutôt que de la crainte. Pour l'instant, je suis un papa-cadeaux et gâteux. C'est plus fort que moi, j'ai envie de les gâter peut-être un peu plus que je ne le devrais, pour pallier mon éloignement.

J'aimerais inculquer à mes enfants cette rigueur et ce mental que ma mère nous a donnés. Grâce à cette ligne directrice dans nos vies, aucun de mes frères et sœurs ne s'est perdu en chemin. Ma mère nous a montré la voie : avancer droit devant, quelle que soit la route qu'on a choisie. Toujours travailler dur et ne jamais baisser les bras. C'est à ma mère que je dois d'être un battant. J'espère être un modèle pour mes enfants, comme je semble l'être pour beaucoup de gens du fait de ma combativité. Je suis plus connu pour ça que pour mon talent. Ça ne me dérange pas d'incarner un mental plus qu'une virtuosité. Je n'ai jamais rien lâché. Tant mieux si ça peut inspirer les autres autour de moi. Tant mieux si ça peut aider mes enfants à devenir des gens bien, des personnes fortes. Oui, je veux servir d'exemple à mes enfants. Évidemment. Ton père devrait être ton premier héros.

Et puisqu'à la fin de toute bonne histoire, il faut une chute, je citerai cette phrase de Confucius : « La plus grande gloire n'est pas de ne jamais tomber. Mais de se relever à chaque chute. » À suivre…

Carrière

1999-2004 : AJ Auxerre
Matches : 169
Buts : 90

2004-06 : Liverpool FC (Angleterre)
Matches : 79
Buts : 24

2006-08 : Olympique de Marseille (première saison en prêt)
Matches : 80
Buts : 37

2008-09 : Sunderland (Angleterre, en prêt)
Matches : 38
Buts : 11

2009-11 : Panathinaïkos (Grèce)
Matches : 89
Buts : 55

2011-janvier 2012 : Lazio Rome (Italie)
Matches : 27
Buts : 5

Janvier 2012-janvier 2013 : Queens Park Rangers (Angleterre)
Matches : 29
Buts : 10

Janvier-juillet 2013 : Al-Gharafa (Qatar)
Matches : 19
Buts : 6

Juillet-décembre 2013 : FC Kouban Krasnodar (Russie)
Matches : 25
Buts : 5

Janvier 2014-15 : Bastia
Matches : 27
Buts : 6

Equipe de France
Matches : 41
Buts : 9
1 but en Coupe des Confédérations (France-Nouvelle-Zélande, 5-0, 3e match du tour de poules en 2003)

Coupe du monde 2002 (au Japon et en Corée du Sud) : éliminé au 1er tour
Groupe A
Sénégal-France 1-0
Uruguay-France 0-0
Danemark-France 2-0

Coupe des Confédérations 2003 (en France) : vainqueur
Groupe A
France-Colombie, 1-0
France-Japon, 2-1
France-Nouvelle-Zélande, 5-0
Demi-finales
France-Turquie, 3-2
Finale
France-Cameroun, 1-0 (but en or)

Coupe du monde 2010 (en Afrique du Sud) : éliminé au 1er tour
Groupe A
Uruguay-France 0-0
France-Mexique 0-2
France-Afrique du Sud 1-2

Palmarès

- Vainqueur de la Coupe des Confédérations (2003)
- Vainqueur du Championnat d'Europe des moins de 19 ans (2000)
- Vainqueur de la Ligue des champions (2005)
- Vainqueur de la Supercoupe d'Europe (2005)
- Champion de Grèce (2010)
- Vainqueur de la Coupe de France (2003)
- Vainqueur de la Coupe d'Angleterre (2006)
- Vainqueur de la Coupe de Grèce (2010)
- Vainqueur de la Coupe Gambardella (1999)
- Finaliste de la Coupe Intertoto (2000)
- Finaliste de la Coupe de France (2007)
- Vice-champion de France (2007)
- Vice-champion de Grèce (2011)

Saison 1999-2000
AJ Auxerre
Classement : 8^{e}
13 victoires, 8 nuls, 13 défaites
Coupe de France : éliminé en 32es de finale
Coupe de la Ligue : éliminé en 16es de finale

Saison 2000-01
AJ Auxerre
Classement : 13^{e}
11 victoires, 8 nuls, 15 défaites
Coupe de France : éliminé en quarts de finale
Coupe de la Ligue : éliminé en 16es de finale
Coupe Intertoto : défaite en finale contre le VfB Stuttgart (0-2, 1-1)

Saison 2001-02
AJ Auxerre
Classement : 3^{e}
16 victoires, 11 nuls, 7 défaites
Coupe de France : éliminé en 32es de finale
Coupe de la Ligue : éliminé en 8es de finale

Saison 2002-03
AJ Auxerre
Classement : 6^{e}
18 victoires, 10 nuls, 10 défaites
Coupe de France : victoire en finale contre le Paris SG (2-1)
Coupe de la Ligue : éliminé en 16es de finale
Ligue des champions : éliminé en tour de poules

Coupe de l'UEFA : éliminé en 8es de finale

Ligue des champions : éliminé en tour de poules
3e tour préliminaire
Boavista (POR)-Auxerre, 0-1
Auxerre-Boavista, 0-0

Groupe A
Auxerre-PSV Eindhoven (P.-B.), 0-0
Borussia Dortmund (ALL)-Auxerre, 2-1
Auxerre-Arsenal (ANG), 0-1
Arsenal-Auxerre, 1-2
PSV Eindhoven-Auxerre, 3-0
Auxerre-Borussia Dortmund, 1-0

Saison 2003-04
AJ Auxerre
Classement : 4e
19 victoires, 8 nuls, 11 défaites
Coupe de France : éliminé en 8es de finale
Coupe de la Ligue : éliminé en demi-finales
Coupe de l'UEFA : éliminé en 8es de finale

Saison 2004-05
Liverpool FC (ANG)
Classement : 5e
17 victoires, 7 nuls, 14 défaites
Coupe d'Angleterre : éliminé en 32es de finale
Coupe de la Ligue : défaite en finale contre Chelsea (2-3 a.p.)

Ligue des champions : victoire en finale contre le Milan AC (3-3, 3 t.a.b. à 2)
Ligue des champions : victoire en finale (3-3, 3 t.a.b. à 2 contre le Milan AC)

3e tour préliminaire
Graz AK (AUT)-Liverpool, 0-2
Liverpool-Graz AK, 0-1

Groupe A
Liverpool-Monaco (FRA), 2-0
Olympiakos (GRE)-Liverpool, 1-0
Liverpool-La Corogne (ESP), 0-0
La Corogne-Liverpool, 0-1
Monaco-Liverpool, 1-0
Liverpool-Olympiakos, 3-1

8es de finale
Liverpool-Bayer Leverkusen (ALL), 3-1
Bayer Leverkusen-Liverpool, 1-3

Quarts de finale
Liverpool-Juventus Turin (ITA), 2-1
Juventus Turin-Liverpool, 0-0

Demi-finales
Chelsea (ANG)-Liverpool, 0-0
Liverpool-Chelsea, 1-0
Finale
Milan AC (ITA)-Liverpool, 3-3 (2 t.a.b. à 3)

Saison 2005-06
Liverpool FC (ANG)
Classement : 3e
25 victoires, 7 nuls, 6 défaites
Coupe d'Angleterre : victoire en finale contre West Ham (3-3, 3 t.a.b. à 1)
Coupe de la Ligue : éliminé en 16es de finale
Ligue des champions : éliminé en 8es de finale
Supercoupe d'Europe : victoire contre le CSKA Moscou (3-1)
Mondial des clubs : défaite en finale contre Sao Paulo (0-1)

Ligue des champions : élimination en 8es de finale

1er tour préliminaire
Liverpool-FC TNS (GAL), 3-0
FC TNS-Liverpool, 0-3

2e tour préliminaire
FBK Kaunas (LIT)-Liverpool, 1-3
Liverpool-FBK Kaunas, 2-0

3e tour préliminaire
CSKA Sofia (BUL)-Liverpool, 1-3
Liverpool-CSKA Sofia, 0-1

Groupe G
Betis Séville (ESP)-Liverpool, 1-2
Liverpool-Chelsea (ANG), 0-0
RSC Anderlecht (BEL)-Liverpool, 0-1

Liverpool-RSC Anderlecht, 3-0
Liverpool-Betis Séville, 0-0
Chelsea-Liverpool 0-0

8es de finale
Benfica Lisbonne (POR)-Liverpool, 1-0
Liverpool-Benfica Lisbonne, 0-2

Saison 2006-07
Olympique de Marseille (prêt)
Classement : 2e
19 victoires, 7 nuls, 12 défaites
Coupe de France : défaite en finale contre le FC Sochaux (2-2, 5 t.a.b. à 6)
Coupe de la Ligue : éliminé en 8es de finale
Coupe de l'UEFA : éliminé au 1er tour

Saison 2007-08
Olympique de Marseille (prêt)
Classement : 3e
17 victoires, 11 nuls, 10 défaites
Coupe de France : éliminé en 8es de finale
Coupe de la Ligue : éliminé en quarts de finale
Ligue des champions : éliminé lors du tour de poules
Coupe de l'UEFA : éliminé en 8es de finale

Ligue des champions : élimination en tour de poules
Groupe A
Olympique de Marseille-Besiktas Istanbul (TUR), 2-0
Liverpool (ANG)-Olympique de Marseille, 0-1
Olympique de Marseille-FC Porto (POR), 1-1

FC Porto-Olympique de Marseille, 2-1
Besiktas Istanbul-Olympique de Marseille, 2-1
Olympique de Marseille-Liverpool, 0-4

Saison 2008-09
Sunderland AFC (ANG) (prêt)
Classement : 16^{e}
9 victoires, 9 nuls, 20 défaites
Coupe d'Angleterre : éliminé en 16es de finale
Coupe de la League : éliminé en 8es de finale

Saison 2009-10
Panathinaïkos (GRE)
Classement : 1er
22 victoires, 4 nuls, 4 défaites
Coupe de Grèce : victoire contre l'Aris Salonique (1-0)
Coupe de l'UEFA : éliminé en 16es de finale

Saison 2010-11
Panathinaïkos (GRE)
Classement : 2^{e}
18 victoires, 6 nuls, 6 défaites
Coupe de Grèce : éliminé en quarts de finale
Ligue des champions : éliminé en tour de poules

Ligue des champions : éliminé en tour de poules

Groupe D
FC Barcelone (ESP)-Panathinaïkos, 5-1
Panathinaïkos-FC Copenhague (DAN), 0-2
Panathinaïkos-Rubin Kazan (RUS), 0-0

Rubin Kazan-Panathinaïkos 0-0
Panathinaïkos-FC Barcelone, 0-3
FC Copenhague-Panathinaïkos, 3-1

Saison 2011-12
Lazio Rome (ITA) (jusqu'en janvier)
Classement : 4e (au moment du départ de Djibril Cissé)
10 victoires, 6 nuls, 4 défaites
Coupe d'Italie : éliminé en quarts de finale
Europa League : qualifié pour les 16es de finale (éliminé à ce stade par l'Atlético Madrid)

Queens Park Rangers (ANG) (à partir de janvier)
Classement : 17^{e}
5 victoires, 2 nuls, 9 défaites
Coupe d'Angleterre : éliminé en 16es de finale

Saison 2012-13
Queens Park Rangers (ANG) (jusqu'en janvier)
Classement : 20e (au moment du départ de Djibril Cissé)
2 victoires, 9 nuls, 12 défaites
Coupe de la Ligue : éliminé en 16es de finale

Al-Gharafa SC (QAT) (à partir de janvier)
Classement : 6^{e}
8 victoires, 6 nuls, 8 défaites
Coupe du Qatar : éliminé en quarts de finale

Saison 2013-14
FC Kouban Krasnodar (RUS) (jusqu'en janvier)
Classement : 5e (au moment du départ de Djibril Cissé)
11 victoires, 3 nuls, 7 défaites

Coupe de Russie : qualifié pour les quarts de finale (éliminé à ce stade par le Zénith Saint-Pétersbourg)

Bastia SC (à partir de janvier)
Classement : 12^{e}
8 victoires, 5 nuls, 6 défaites
Coupe de France : éliminé en 16es de finale

Saison 2014-15
Bastia SC
Classement : 12^{e}
12 victoires, 11 nuls, 15 défaites
Coupe de France : éliminé en 16es de finale
Coupe de la Ligue : défaite en finale contre le Paris SG (0-4)

Remerciements

Je n'aurais pas pu réussir une telle carrière dans le foot sans le soutien indéfectible de plusieurs personnes. Je remercie très sincèrement mes entraîneurs qui m'ont permis de m'exprimer comme *joueur de foot*. M. Gilles à Arles. Guy Roux. Raymond Domenech.

Je tiens aussi à remercier tous mes coéquipiers avec qui j'ai partagé cette aventure sur le terrain. Je pense aussi à l'équipe de France.

Bien sûr, j'ai une pensée pour tous les médecins et kinés qui m'ont remis sur pied quand c'était nécessaire. Olivier Fichez. Mark Waller. Jean-Georges Cellier.

Je souhaite aussi remercier tous ceux qui m'ont épaulé en dehors du terrain. Caroline Duret. Jean-Louis Legrand. Franck Hocquemiller. Caroline McAteer.

Un immense merci à ma famille. Kady, ma maman, ainsi que mes frères et sœurs. Abou qui a toujours été à mes côtés.

Enfin, pour la réalisation de ce livre, je rends hommage à Laurence Lorenzon, qui a réalisé un merveilleux travail en réunissant mes pensées, et à Emmanuel Laureau, mon éditeur, et toute son équipe.

Crédits photographiques

Collection personnelle de Djibril Cissé
Presse Sports
Manuel Braun

Édition française : Emmanuel Laureau
Relecture et corrections : Franck Verrecchia
Montage et conception graphique : Éric Brognard